好看的经典丛书

第一辑

世界著名童话

〔丹麦〕
安徒生 等
著

仝保民 等
译

人民文学出版社
PEOPLE'S LITERATURE PUBLISHING HOUSE

图书在版编目（CIP）数据

世界著名童话/（丹）安徒生等著；仝保民等译．—北京：人民文学出版社，2022
（好看的经典丛书）
ISBN 978-7-02-017508-6

Ⅰ．①世… Ⅱ．①安… ②仝…Ⅲ．①童话—作品集—世界 Ⅳ．①I18

中国版本图书馆CIP数据核字（2022）第175722号

策划编辑 王瑞琴
责任编辑 翟 灿
装帧设计 刘 远
责任印制 张 娜

出版发行 人民文学出版社
社 址 北京市朝内大街166号
邮政编码 100705

印 刷 三河市延风印装有限公司
经 销 全国新华书店等

字 数 161千字
开 本 880毫米×1230毫米 1/32
印 张 9.625 插页3
印 数 1—5000
版 次 2022年10月北京第1版
印 次 2022年10月第1次印刷

书 号 978-7-02-017508-6
定 价 38.00元

如有印装质量问题，请与本社图书销售中心调换。电话：010－65233595

目 录

安徒生童话

豌豆上的公主 1

拇指姑娘 4

皇帝的新衣 23

小人鱼 31

坚定的锡兵 68

野天鹅 76

丑小鸭 105

卖火柴的小女孩 122

佩罗童话

穿靴子的猫 127

林中睡美人 135

小拇指 148

博蒙夫人童话

美女与怪兽 162

王尔德童话

快乐王子 182
——献给卡洛斯·布莱克
自私的巨人 202

格林童话

青蛙王子 212
渔夫和他的妻子 220
灰姑娘 234
小红帽 246
不来梅城的乐师 253
白雪公主 260

阿拉伯童话

渔夫与魔鬼 275
阿里巴巴与四十大盗 282

豌豆上的公主

从前有一位王子，他想同一位公主结婚，但她必须是一个真正的公主。于是他周游世界，去寻找这样的公主。可是无论走到什么地方，他总要遇到一些麻烦。公主倒有的是，但是他无法断定她们是不是真正的公主：她们总有一些不大对劲的地方。结果他只好又回到家里，心中闷闷不乐，因为他是那么想得到一位真正的公主。有一天晚上，突然刮起一阵暴风，接着天上电闪雷鸣，大雨倾盆而下，真叫人有点害怕。这时，忽然有人敲城门。老王后就去把城门打开。门外站着一位公主。可是，天哪，经过风吹雨打，她的样子是多么难看啊！雨水从她的头发和衣服上滴下来，流进鞋尖，又从鞋后跟流出来。然而她说，她是一位真正的公主。“好吧，这一点我们马上就会弄清楚的。”老王后心里想

着，但是嘴上什么也没说。她走进卧室，把床上的被褥（rù）全部搬下来，在床板上放了一粒豌豆。接着，她抱来二十床褥子，把它们铺在豌豆上，随后又在这些褥子上放了二十床鸭绒（róng）被。夜里，这位公主就睡在这些被褥上面。早晨，

人家问她昨晚睡得怎么样。“啊，糟糕极了！”公主说，“我几乎整夜没合眼！天晓得我床上有什么东西？我躺在一个硬东西上面，硌得我身上青一块紫一块的，真是太可怕了！”由此可以看出，她是一位真正的公主，因为她隔着二十床褥子和二十床鸭绒被，居然还能感觉出一粒豌豆。只有真正的公主才会有这么灵敏的感觉！于是，王子就选她当了妻子，因为他知道，他得到的是一位真正的公主。而那粒豌豆也因此被放进了博物馆；如果没人把它偷走的话，人们现在到那儿还能看见它呢。请注意，这是一个真实的故事。

拇指姑娘

从前有一个女人，她非常希望有一个很小很小的孩子，可是她不知道从什么地方可以得到。于是她去找一个老女巫，对她说：“我非常想养一个小小的孩子，你能告诉我从什么地方可以得到他吗？”

“嗨，这还不容易！”女巫说，“你把这颗大麦粒拿去吧。它可不是农民田里长的那种大麦粒，也不是啄食（zhuó shí）的那种大麦粒。你把它埋在一个花盆里，不久你就可以看到你所要的东西了。”

“谢谢你！”女人说，同时给了女巫十二个先令。她回到家里，种下那颗大麦粒。很快便长出了一株高大美丽的花儿。它看上去很像一朵郁（yù）金香，只是它的花瓣（bàn）紧紧地抱在一起，好像还是一个花苞（bāo）似的。

“这是一朵迷人的花儿。”女人说着，同时去亲吻美丽的红里带黄的花瓣。可是当她的嘴唇刚一碰到它的时候，花儿就啪的一声开放了。看得出来，这是一朵真正的郁金香。可是在花儿的正中央，在绿色的花蕊上面，坐着一个很小很小的小姑娘。她是那样的细嫩可爱，她的身体还没有大拇指大，所以人们都叫她拇指姑娘。

一个油光漂亮的胡桃壳是拇指姑娘的摇篮，蓝色的紫罗兰花瓣做她的床，玫瑰花瓣是她的被子。这就是她晚上睡觉的地方。但是白天她在桌子上玩耍——那个女人在桌子上放一个盘子，盘子周围放一个花环，花的枝干浸（jìn）在水里。水上放一个很大的郁金香花瓣，拇指姑娘可以坐在花瓣上，从盘子的这一边划到那一边；两根白色的马尾是她的桨。这样子看上去真是美极了！她还会唱歌，噢，她的歌声是那样的甜美，这里还从来没有人听过这样美妙的歌声呢。

一天夜里，她正在她漂亮的床上睡觉，一只癞蛤蟆（lài há ma）从窗子外面跳了进来，因为窗上有一块玻璃破了。这只蛤蟆又丑又大，全身湿乎乎的。他正好跳到桌子上，拇指姑娘就睡在桌上红红的玫瑰花瓣下面。

“这姑娘倒可以给我儿子做个漂亮的媳妇！”癞

蛤蟆说，于是他抓起拇指姑娘睡觉的胡桃壳，穿过窗户，跳到了花园里。

花园里有一条又大又宽的小溪，但是岸边又潮湿又泥泞（ní nìng）；癞蛤蟆和他的儿子就住在这里。噢！他也长得奇丑无比，简直同他的爸爸是一个模子里刻出来的。“呱，呱，哇，哇，哇！”这就是他看见胡桃壳里这位漂亮的小姑娘时所能说的全部的话。

“不要这么大声嚷嚷，不然你会把她吵醒的！”老蛤蟆说，“她还能从我们这里逃走，因为她轻得就像一根天鹅的羽毛！我们得把她放在这溪里宽大的睡莲叶子上，她是那么轻那么小，这睡莲的叶子对她来说就像是一座小岛！她在那上面就逃不走了。我们趁这个时候把沼泽（zhǎo zé）底下的那间豪华的屋子收拾好，以后你们就可以在那里住下来过日子了。”

溪里长着许多睡莲，睡莲的叶子大大的绿绿的，看上去好像浮在水面上一样。浮在最远处的那片叶子也是最大的叶子，老蛤蟆游过去，把胡桃壳连拇指姑娘一起放在上面。

这个可怜的小不点儿一大早就醒了。当她看清她在什么地方的时候，她禁不住伤心地哭了起来，因为这片大大的绿绿的叶子四周全是水，她根本无法回到陆地上去。

老蛤蟆坐在沼泽底下，用香蒲草和黄色的睡莲花蕾把屋子装饰了一番——就要接新儿媳了，当然应该收拾得漂亮一点。随后，他带着它丑陋的儿子向拇指姑娘待的那片叶子游去。他们要在新娘到来之前，先把那张漂亮的床搬来，安放在她的洞房里。老蛤蟆在水里深深地向她鞠（jū）了一躬（gōng），说："你看这是我的儿子，他就是你未来的丈夫。你们将会在沼泽底下生活得很幸福的。”

“呱，呱，哇，哇，哇！”这就是他的儿子所会说的全部话语。

他们拖着这张漂亮的小床游走了。可是拇指姑娘独自坐在绿色的叶子上，禁不住哭起来，因为她不愿意跟讨厌的癞蛤蟆住在一起，也不愿意让他丑陋（chǒu lòu）的儿子做自己的丈夫。在水下游着的一些小鱼一定是看见老蛤蟆和听见了他说的话，他们纷纷伸出头来，想看一眼这个小姑娘。他们一看到她，就觉得她非常可爱，并为她将要嫁给丑陋的蛤蟆感到不平。不行，决不允许这样的事情发生。于是，他们在水下聚集在那片托着小姑娘的绿叶的叶梗的周围，用牙齿咬断叶梗，让叶子带着小姑娘顺着小溪漂去，漂得很远很远，漂到癞蛤蟆根本无法到达的地方去。

拇指姑娘漂过了很多地方。树丛里的小鸟看见她，都唱道："多么漂亮的姑娘啊！"叶子托着她漂啊，漂啊，越漂越远；最后，拇指姑娘就这样漂到了国外。

一只美丽的小白蝴蝶不停地围绕着她翻飞，最后终于落在了叶子上，因为他是那样的喜欢拇指姑娘；而她呢，也很高兴，因为现在癞蛤蟆再也追不上她了，同时她所漂到的地方又是那样的美丽，太阳照在水面上，就像镀上了一层闪闪发亮的金子。她解下腰带，把一头系在蝴蝶身上，另一头紧紧地拴在叶子上；这样一来，叶子漂得快多了，而且是带着

一只美丽的小白蝴蝶不停地围绕着她翻飞，最后终于落在了叶子上，因为他是那样的喜欢拇指姑娘。

她一起漂，因为她就站在叶子上面。

这时，一只很大的金龟子飞来了。他一看见她，就用爪子抓住她那纤细（xiān xì）的腰肢（yāo zhī），带着她一起飞到树上去了。但是，绿色的叶子还在顺着小溪往下漂，那只蝴蝶也只好跟着飞，因为他同叶子牢牢地连在一起，无法挣脱。

天哪，当金龟子带着她飞到树上去的时候，可怜的拇指姑娘该有多害怕呀！然而她最担心的还是那只美丽的小白蝴蝶，她已经把它牢牢地拴在叶子上，如果他自己挣脱不开，那他就会饿死的。但是，金龟子决不会为这事担心。他把她放在树上最大的一片绿叶上，把树上的蜜汁给她吃，并告诉她，她非常的可爱，尽管她一点儿也不像金龟子。随后，所有住在树上的金龟子都来拜访她。他们打量着拇指姑娘。金龟子小姐们耸（sǒng）了耸她们的触角（chù jiǎo），说：

"她不过只有两条腿，这多难看呀！"

"她连触角也没有！"她们说。

"她的腰那么细，呸！她看上去像是一个人呢！她多丑啊！"所有的金龟子齐声说。

然而，拇指姑娘却是那样的美丽！就连把她劫持来的那个金龟子也是这么认为的。但是，当别的金龟子都说她丑的时候，他最后也信以为真，不愿再要她了。她现在可以走了，愿意去哪里就去哪里。他们带着她从树上飞下来，把她放在一朵雏菊（chú jú）上面。这时她伤心地哭了起来，因为她长得那么丑，连金龟子也不要她了。其实，她是人们想象不到的最最可爱的美人儿，她是那样的娇嫩，那样的妩媚（wǔ mèi），就像一朵最纯洁的玫瑰花瓣。

整个夏天，可怜的拇指姑娘孤零零一个人住在这座大森林里。她用草秆给自己编了一张小床，把它吊在一个很大的牛蒡（bàng）叶子底下，好使雨水淋不到自己身上。她饿了就采食花上的花粉，渴了就喝早晨凝结（níng jié）在叶子上的露水。夏天和秋天就这样过去了。可是现在，冬天——又寒冷又漫长的冬天来了。那些为她唱着美妙的歌儿的小鸟都飞走了。树木和鲜花都凋落了。她住在下面的那片大牛蒡叶子也卷起来了，变成了一根枯黄的梗（gěng）子。她感到一阵阵可怕的寒冷，因为她身上的衣服都破了，而她自己又是那样的娇嫩和纤小。可怜的拇指姑娘哟，她一定会冻死的。天开始下雪。每一片雪落在她身上，就好像有人把一整锹（qiāo）雪甩在我们身上，因为我们这样高大，而她不过只有一寸来高。她只好把自己裹在一片薄薄的

叶子里，但这样并不暖和，她冻得浑身发抖。

现在，她来到了森林边上。紧靠森林有一大块麦田。不过，麦子早已收走了，冻结的土地上只耸立着光秃秃的麦茬。对她来说,要穿过这块麦田,就等于穿过一座巨大的森林。啊，她冻得浑身发抖，抖得那样厉害！最后，她终于来到了田鼠的门前。这是麦茬下面的一个小洞。田鼠就住在里面，又暖和，又舒服。她储藏（chǔ cáng）了满满一屋子的麦子，她还有一间漂亮的厨房和一个餐厅。可怜的拇指姑娘站在门前，就像一个贫穷的讨饭的女孩子。她乞求（qǐ qiú）给她一小撮大麦粒，因为她已经有两天没有吃一点东西了。

“你这可怜的小人儿！”田鼠说，因为她本来就是一只善良的老田鼠。“请到我这暖和的屋子里来，跟我一起吃点东西吧！”

因为这时她已经喜欢上了拇指姑娘，所以她说：“你可以留下来，和我住在一起过冬。不过你得把我的房间打扫干净，收拾整齐，还得给我讲故事，因为我特别喜欢听故事。”拇指姑娘按照善良的老田鼠的要求去做了；她在那里过得很快活。

“我们马上就有客人来访了！”田鼠说，“我的邻居习惯每周来拜访我一次。他住的比我还舒适（shū shì），他有宽大的房间，他穿着漂亮的黑丝绒（róng）皮衣；如果你能够得到他做丈夫，那你就一辈子享用不尽了。但是他看不见，你得给他讲你所知道的最好听的故事。”

不过，拇指姑娘对这事不感兴趣。她不愿和那位邻居结婚，因为他是一只鼹鼠（yàn shǔ）。他来拜访了，穿着黑丝绒皮衣。鼹鼠说，他是多么富有，多么有教养，他的住房比田鼠的宽敞二十倍。他学识渊博（yuān bó），但不喜欢太阳和美丽的鲜花，甚至还说它们的坏话，因为他从来没有见过它们。拇指姑娘不得不为他唱了《金龟子，飞走吧！》和《草原上的小鹿》。听过之后，鼹鼠爱上了她，由于她的声音是那样的甜美；不过他什么也没说，因为他是一个很深沉的人。

最近他挖了一条长长的通道，从他的房子一直通到她们的房子里。他允许田鼠和拇指姑娘随意在里面散步。不过他提醒她们，不要害怕一只躺在通道里的死鸟。这是一只完整的鸟，它有羽毛和喙，是不久前在冬天开始的时候死去的；他现在被埋葬的这块地方，刚好被鼹鼠打穿做了通道。

鼹鼠嘴里衔（xián）着一块朽木，因为它可以像火一样在黑暗中闪光。他走在前面，为她们在这又长又黑的通道里照亮。当她们走到死鸟躺的地方时，鼹鼠

就用他的大鼻子顶着天花板，拱（gǒng）了拱土，拱出一个大洞，阳光便从洞口射了进来。在地上的正中间躺着一只死燕子，他那美丽的翅膀紧紧地贴着身子，腿和头都缩在羽毛里——这只可怜的鸟无疑是冻死的。拇指姑娘为此伤心不已，因为她是那样地喜欢所有的小鸟；他们整个夏天都为她唱着美妙的歌，对她喃喃细语。可是鼹鼠却用他的短腿踹了他一下，说："他再也不叫了！生来就是一只小鸟，是件多么可怜的事情啊！谢天谢地，这样的事情不会落到我的孩子们身上。像这样的一只小鸟，除了叽叽喳喳外，什么也不会做，到了冬天只有饿死！"

"是的，作为一个有理智的人，你这话说得不错。"田鼠说，"冬天一到，叽叽喳喳的歌声对一只小鸟有什么用呢？所以他只有挨饿和受冻。这大概就是所谓的装腔作势吧！"

拇指姑娘一句话也不说。不过，当他们两个转过身去的时候，她就弯下腰来，把盖在燕子头上的羽毛拂到一边，在他闭着的眼睛上轻轻吻了一下。也许这就是在夏天为我唱过美妙的歌的那只小鸟，她想。他给了我多少快乐啊，这只可爱的、美丽的小鸟！

现在，鼹鼠把那个能透进阳光的洞口又堵上了；然后，他陪两位女士返回家去。可是夜里，拇指姑娘翻来覆（fù）去，怎么也睡不着。于是她从床上爬起来，用麦秆（gǎn）编了一床又大又漂亮的被子，把它扛下来盖在死去的燕子身上。同时，她还把在田鼠屋里找来的柔软的棉花裹在燕子的身边，好让他在这寒冷的地里睡得暖和一些。

“再见吧，你这美丽的小鸟！”她说，“再见！我要感谢你，在夏天，当所有的树木都还绿的时候，当太阳还非常温暖地照在我们身上的时候，你为我所唱的美妙的歌声！”随后，她把头贴在小鸟的胸脯（xiōng pú）上。可是她立刻就大吃一惊，因为好像他身体里有什么东西在跳动。这是小鸟的心脏。这只鸟还没有死，他躺在这里只不过是被冻僵了；现在得到温暖，他便又活过来了。

秋天里，所有的燕子都要飞向温暖的国度。可是，如果有一只燕子动身晚了，那他就会被冻僵（dòng jiāng），从天上掉下来，躺在地上，身上落满冰冷的雪花。

拇指姑娘浑身发抖，她是那样的吃惊，因为对于身高不足一寸的她来说，这只鸟真是太庞大了。但她还是鼓足勇气，用棉花把可怜的燕子裹（guǒ）得再紧一些，并取来她自己当作被子的一片薄荷叶盖在小鸟的头上。

第二天夜里，她又偷偷地去看他。他已经活过来了，只是还很虚弱（xū ruò）；他只能把眼睛稍微睁开一会儿，望着拇指姑娘。拇指姑娘手里拿着一块可以照亮的朽木站在那里，因为她没有别的灯笼。

“谢谢你，可爱的小不点儿！”生病的燕子对她说，“我现在真是太暖和了！很快我就可以恢复体力，重新飞出去，飞到温暖的阳光中去了！”

“噢！”拇指姑娘说，“外面那么冷，真是雪花纷飞，天寒地冻！你就待在你这温暖的床上吧，我会照顾你的！”

她用一个花瓣盛来水送给燕子。燕子喝了水以后，告诉她说，他的一只翅膀曾经在荆棘（jīng jí）丛上划伤了，因此他不能像其他燕子飞得那样快；当时他们正在远行，他们要飞到遥远的温暖国度去。最后他掉到了地上，可是其余的事情他就记不起来了；他根本不知道他是怎样来到这个地方的。

燕子整个冬天都待在这里。拇指姑娘对他很好，非常喜欢他；不过无论鼹鼠还是田鼠，这事他们一点儿也不知道，因为他们都不喜欢可怜的燕子。

不久，春天来了，阳光温暖了大地，燕子要向拇指姑娘告别了。他把鼹鼠在顶上挖的那个洞口打开，阳光暖洋洋地照在他们身上。燕子问拇指姑娘是否愿意跟他一起走，她可以坐在他的背上，这样他们就可以远远地飞走，飞到绿色的树林里去。可是拇指姑娘知道，如果她就这样离开的话，老田鼠会很伤心的。

“不，我不能这样做！”拇指姑娘说，“那就再见，再见吧，你这善良的可爱的姑娘！”燕子说完，便飞出去，扑进了太阳的怀抱。拇指姑娘在后面望着他，眼睛里噙(qín)满了泪水，因为她是那样的喜欢这只可怜的燕子。

“嘀哩，嘀哩！”燕子唱着歌，飞进了一座绿色的森林。

拇指姑娘伤心极了。田鼠根本不允许她到外面温暖的阳光里去。在田鼠屋顶上的田里，麦子已经长得很高了。这对可怜的小姑娘来说，简直就是一座茂密的森林，因为她只有一寸来高呀。

“这个夏天你必须把你的嫁妆（jià zhuāng）缝好！”田鼠对她说，因为她的邻居，那只讨厌的穿着黑丝绒皮衣的鼹鼠已经向她求婚了。“你得准备点毛料和棉布！要是你做了鼹鼠太太，你总得有几件坐着穿的和睡着穿的衣服呀！”

拇指姑娘不得不摇起纺车来。田鼠雇了四个蜘蛛，夜以继日地纺线织布。每天晚上，鼹鼠都要来

拜访一次。他总是嘀嘀咕咕地说，等夏天过去，太阳就不会这么热了，它现在把地面烤得像石头一样硬；是的，等夏天过去，他就要同拇指姑娘举行婚礼了。但是拇指姑娘一点儿也不高兴，因为她不喜欢讨厌的鼹鼠。每天早晨，当太阳升起的时候，每天傍晚，当太阳落下去的时候，她都要悄悄地溜到门外去。当风把麦穗吹向两边、她可以看见蔚蓝色的天空的时候，她总是想，外面多么明亮和美丽啊，同时她也希望能够重新见到她亲爱的燕子。但是，燕子再也没有回来，他肯定是飞得很远很远，飞到一座美丽的绿色森林里去了。

当秋天来到的时候，拇指姑娘把她的嫁妆全部准备好了。

“四个星期以后，你的婚礼就要举行了！”田鼠对她说。但是拇指姑娘哭了起来，她说她不愿意跟讨厌的鼹鼠结婚。

“胡说！”田鼠说，“不要太固执了！不然的话，我就用我洁白的牙齿来咬你！和你结婚的是一个很帅的男人。就是连王后也没有像他那样好的黑丝绒皮衣呀！他的厨房和地窖里都储（chǔ）满了东西。能得到这样一个丈夫，你真应该感谢上帝呀！”

随后便举行婚礼。鼹鼠已经来了，他要亲自接拇指姑娘过去。她得同他一起住在深深的地下，再也回不到温暖的阳光中来，因为他不喜欢太阳。可怜的小姑娘非常伤心；她现在不得不向美丽的太阳告别了。住在田鼠家里的时候，她至少还可以站在门口看看太阳呢。

“再见吧，明亮的太阳！”她说，同时把双手伸向空中，又往田鼠的屋外走了几步，因为现在麦子已经收割，田里只剩下了干枯的麦茬（chá）。“再见，再见！”她说着，同时用双臂抱着一朵长在那里的小红花。“如果你看见那只可爱的燕子，请你代我向他问好！”

“嘀哩，嘀哩！”突然间，一个声音在她头顶上响了起来。她抬头一望，那只燕子刚刚从她头顶上飞过。他一看见拇指姑娘，就显得非常高兴。拇指姑娘告诉他说，她多么不愿意那只丑陋的鼹鼠做她的丈夫；她要是同他结婚，她就得住在深深的地下，在那里永远也见不到阳光。说到这里，她就忍不住哭了起来。

“寒冷的冬天现在就要来了，”燕子说，“我要飞得很远很远，飞到温暖的国度去。你愿意陪我一起去吗？你可以坐在我的背上呀！你只要用腰带把自己紧紧地系住，我们就可以远走高飞，离开这丑陋的鼹鼠和他那黑暗的屋子，越过高山，飞到温暖的国度去——那里的阳光比这

里更美丽，那里永远是夏天，那里永远开着美丽的鲜花。跟我一起飞走吧，你这可爱的小姑娘；当我被冻僵躺在黑暗的地窖里的时候，是你救了我的性命！”

“好吧，我愿意陪你一起去！”拇指姑娘说着，跨（kuà）上小鸟的背，用脚蹬（dēng）着他展开的翅膀，同时把自己用腰带系在他的一根最结实的羽毛上。就这样，燕子高高地飞向空中，越过森林和海洋，越过常年积雪的大山。在寒冷的高空，拇指姑娘冻得发抖；但是她钻进燕子温暖的羽毛里，只把她的小脑袋露出来，欣赏着下面美丽的景色。

最后，他们终于来到了温暖的国度。那里的阳光比这里明媚得多，那里的天空也加倍的高；田沟里，篱笆（lí ba）上，长满了最最漂亮的绿葡萄和蓝葡萄。树林里处处悬挂着柠檬和橙子，空气里散发着桃金娘和绿薄荷（bò he）的香气；漂亮的孩子们在公路上跑来跑去，同五彩缤纷的蝴蝶一起嬉戏。但是燕子还在往前飞，而且飞得越远，景色就越漂亮。在一个碧蓝色的湖旁，有一片茂密而浓绿的树林，林子中间耸立着一座用洁白的大理石砌成的古老宫殿。葡萄藤（téng）围着高高的石柱攀缘（pān yuán）而上，石柱顶上有许多燕巢，驮着拇指姑娘的燕子就住在其中的一个巢（cháo）里。

“这儿就是我的家！”燕子说，“不过，下面长着许多美丽的花儿，你可以从中挑选最美丽的一朵，我把你放到上面去。这样，你住在上面，想多舒服就有多舒服了！”

“这太好了！”拇指姑娘说，并拍着她的小手。

那里有一根巨大的白色大理石柱，它已经倒在地上，摔成了三段，但是在断裂处长出了一些非常漂亮的白色大花。燕子带着拇指姑娘飞下来，把她放到一片宽大的花瓣上面。可是，拇指姑娘感到多么惊奇啊！在那朵花的中央坐着一个小小的男子！他皮肤洁白，通体透明，好像是用玻璃做成似的；他的头上戴着一顶华丽无比的金冠，他的肩上长着一对漂亮无比的透明翅膀，而他的身材也不比拇指姑娘高大。他就是花的天使。在每朵花上，都住着这样的一个小小的男人或女人，但是这一位是他们所有人的国王。

“天哪，他多漂亮啊！”拇指姑娘小声对燕子说。这位小小的王子看见燕子时大吃一惊，因为他是那样的细小和柔嫩，对他来说，燕子简直就是一只巨鸟。可是，当他看见拇指姑娘的时候，他马上就变得高兴起来了——她是他所见过的最漂亮的姑娘。因此，他马上从头上取下他的金冠，给她戴上，并问她叫什么名字，愿不愿意做他

的妻子——要是那样，她就是所有花的王后了！是的，比起癞蛤蟆的儿子和穿着黑丝绒皮衣的鼹鼠来，这可真是一个完全不同的人。因此她答应了漂亮的王子的请求。这时，从每一朵花里走出一位女士或男士来；他们是那样的可爱，看他们一眼也会使人感到幸福。他们每人给拇指姑娘带来一件礼物，但是其中最好的礼物，是从一只大白蝇身上取下来的一对漂亮的翅膀。他们把这对翅膀系在拇指姑娘的背上。这样一来，她就可以在花与花之间飞来飞去了。这是一件令人非常高兴的事情。燕子坐在上面他的巢里，为他们唱着他最拿手的歌儿；可是他的心里却非常悲伤，因为他是那样的喜欢拇指姑娘，他希望永远也不要同她分开。

“你现在不应该叫拇指姑娘了！”花的天使对她说，“这是一个很丑的名字，而你是那么的漂亮。我们就叫你迈亚①吧。”

“再见！再见吧！”那只燕子说。他又从温暖的国度飞走了，飞回到遥远的丹麦去了。在那里，他在一个会讲童话的人的窗子上筑了一个小巢。他对这个人唱：“嘀哩，嘀哩！”于是，我们就有了这个完整的童话。

---

① 在希腊神话里，迈亚是提坦神阿特拉斯和大洋神女普勒俄涅的大女儿，也是七姐妹中最漂亮的一个。

皇帝的新衣

很多年以前，有一位皇帝，他非常喜欢穿漂亮的新衣服，几乎把他所有的钱都花在了穿衣打扮上。他既不关心他的士兵，也不喜欢去看戏，他只喜欢乘着马车兜（dōu）风，显示他的新衣服。他每天的每一个钟头都要换一套衣服；正如人们提到一位国王时往往要说他在会议室里一样，这里的人们总是说："皇帝在更衣室里！"

他住的那个大城市里很热闹，每天都有许多外国人到来。一天，来了两个骗子。他们自称是织工，而且还说他们会织出人们所能想象到的最漂亮的布。这种布不仅色彩和图案美观，用它缝出来的衣服还有一种奇妙的特性：凡是不称职者或愚蠢得不可救药的人，都看不见这种衣服。

"这种衣服可真不错，"皇帝心里想，"我要是穿

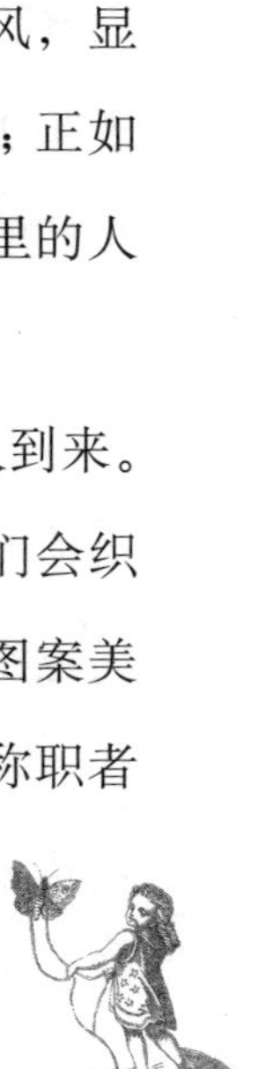

上它，就可以弄清楚我的国家里哪些人不称职；我还可以区别谁是聪明人，谁是笨蛋！对，我要叫他们马上给我织这种布！”于是，他给了那两个骗子很多钱，好让他们立刻开始工作。

他们支起两台织机，装作工作的样子；但是，他们在织机上什么东西也没放。他们毫不犹豫（yóu yù）地要来最细的丝和最好的金子；他们把这些东西都塞进了自己的腰包，却在空织机上瞎忙活到深夜。

“我真想知道，他们的布织得怎么样了！”皇帝想。但是，当他一想到凡是笨蛋或不称职的人都看不见这种布料的时候，心里就惴（zhuì）惴不安。虽然他相信自己根本用不着害怕，不过他还是想先派别的人去看看工作的进展情况。全城的人都听说了这种布的神奇力量，他们都渴望看到自己的邻居多么无能，多么愚蠢（yú chǔn）。

“我要派我诚实的老大臣到织工那里去！”皇帝想，“他最能判断出这布料是好还是坏，因为他很有理智，而且任何人也没有他称职！”

于是，善良的老大臣来到两个骗子所在的大厅里，他们正在空织机上忙碌（lù）着。“但愿上帝保佑我！”老大臣心里想，同时把眼睛睁得大大的。“我什么也没看见呀！”

但是他没把这句话说出来。

两个骗子请他走得近一些。问他图案漂亮不漂亮，色彩美丽不美丽。他们指着空织机，老大臣把眼睛越睁越大；可是他什么也看不见，因为上面什么东西也没有。“我的老天爷！”他想，“难道我是笨蛋吗？我可从来没有怀疑过这一点；这决不能让任何人知道！难道我不称职吗？不行，我决不能说我看不见这布！”

“怎么，您一点意见也没有吗？”那个正在织布的织工问。

“啊，真漂亮，真是漂亮极了！”老大臣一边回答一边

透过眼镜看，“瞧这花纹，瞧这色彩！对，我要禀报皇上，这布使我非常满意。”

“那太叫人高兴了！”两个织工说。接着，他们列举了这些色彩的名称，并把那稀有的花纹描绘(miáo huì)了一番。老大臣认真记着，以便回去背给皇帝听。他果真这样做了。

两个骗子又要了更多的钱，更多的用来织布的丝和金子。他们把这些东西都塞进了自己的腰包，织机上连一根线也没放。但是，他们仍然在空织机上忙碌着。

过了不久，皇帝又派了一位诚实的官员去看两个织工的工作情况，看布料是不是很快就能织好。他同前一位一样，也是看啊看啊，结果什么也没看见，因为除了空织机外，上面什么东西也没有。

“难道这段布不漂亮吗？”两个骗子问，并指点着、解释着那些实际上根本不存在的美丽的花纹。

“我并不愚蠢呀！”这位官员心想，“难道我不配有现在的好职位吗？这太可笑了，我决不能让人看出这一点！”于是，他把他没有看见的布料赞扬了一番，并向他们保证说，他对这美丽的色彩和绝妙的图案感到很满意。“是的，那真是美极了！”他对皇帝说。

城里所有的人都在谈论这漂亮的布料。

当布还在织机上的时候，皇帝也想亲自去看一看。他带着一大群人，其中也包括那两个已经提前去看过的诚实的官员，向两个狡猾的骗子那里走去。那两个家伙正在全力以赴地织布，可是连根线的影子都没有。

“难道这不漂亮吗？”那两个已经来过的老臣说，“您看，陛下，多好的花纹，多美的色彩！”他们指着那架空织机，因为他们相信别的人一定看得见布料。

“怎么回事？”皇帝想，“我什么也没看见呀！这太可怕啦！难道我愚蠢吗？我不配当皇帝吗？这可是我遇到的最可怕的事情了。”

“啊，非常漂亮！”他说，“我百分之百的喜欢！”他满意地点点头，并认真地看着空织机，因为他不想说他什么也没看到。他带来的全体随员看了又看，但是他们并没有比别人看到更多的东西；不过，他们也像皇帝一样说：“啊，真是漂亮极了！”他们建议他用这布料做一身华丽的新衣服，穿上去参加即将举行的游行大典。“这布料多漂亮，多精致，简直好得不能再好了！”他们交口称赞，仿佛人人都打心眼里感到高兴。

于是，皇帝封了两个骗子“皇家御聘织师”的头衔。

在举行大典的前一天晚上，两个骗子一夜都没有合眼。他们在屋里点了十六支蜡烛；人们可以看见他俩正在赶做皇帝的新衣。他们装作把布料从织机上取下来，拿大剪刀在空中比画着，然后用没有线的针缝起来。最后，他们说：“衣服终于做好了！”

皇帝带着他那些最高贵的侍臣们来了。两个骗子抬起胳膊，好像真的举着什么东西似的，说：“您瞧，这是裤子！这是上衣！这是外套！”“这布料像蜘蛛网一样轻，穿上它让人觉得身上什么东西也没有；这正是它的美妙之处！”

“是的！”所有的侍臣都说；但是他们什么也没看见，因为什么东西也没有。

“皇帝陛下，请脱下您的衣服，我们要在这面大镜子前给您穿上新衣服！”

于是，皇帝把他的衣服全部脱光，两个骗子装作给他穿上每一件新衣服；皇帝转过来调过去地照着镜子。

“哟，这衣服多合身啊！穿上它多好看啊！”大家都说，“多好的花纹，多美的色彩！这真是一套贵重的服装！”

“他们准备好了华盖在外面等着，以便举在陛下头上去参加游行大典呢。”典礼官报告说。

“你们看，我穿好了！”皇帝说，“这衣服我穿着合身吗？”然后他又一次转过身去照镜子，因为他要装出他在认真地观看自己的新衣服的样子。

那些托后裙的侍从（shì cóng）们从地上摸了摸，仿佛抓起了后裙似的；他们开步走，装作在空中捧着什么东西，因为他们不敢让人发现他们什么也看不见。

皇帝就这样在富丽堂皇的华盖下走在游行大典的队伍中。站在马路上和窗户里的人都说：“天哪，皇帝的新衣服真是太漂亮了！他上衣下面的后裙多好看啊！”谁也不愿意让人发现自己什么也看不见，因为那样他就会被看作是不称职或者大笨蛋。皇帝的衣服还从来没有得到过这样的称赞。

突然，有一个小孩说：“可是他什么衣服也没穿呀！”他爸爸说：“上帝啊，听这天真的声音吧！”于是，这个孩子的话被人们悄悄地传开了。

最后，所有的老百姓都叫起来：“可是他什么衣服也没穿呀！”皇帝害怕了，因为他仿佛觉得他们的话是对的；但是他仍在心里想：“我得坚持把游行大典举行完。”于是，侍从们托着根本不存在的后裙，走起来腰板挺得更直了。

皇帝就这样在富丽堂皇的华盖下走在游行大典的队伍中。站在马路上和窗户里的人都说：“天哪，皇帝的新衣服真是太漂亮了！他上衣下面的后裙多好看啊！”

小人鱼

在海的远处，水是那样的蓝，蓝得像美丽无比的矢车菊的花瓣，同时又是那样的清，清得像最纯净的玻璃。然而，它又是那样的深，深得任何锚链（máo liàn）也够不着底；要想从海底一直达到水面，必须有许许多多的教堂尖塔一座接一座地摞起来才行。

不过你千万不要以为，那里只是一片铺着白沙的海底。不是的，那里还生长着最奇异的树木和植物。它们的枝干和叶子是那样的柔软，只要水轻轻地流动一下，它们就摇摆起来，像活的一样。所有的鱼，无论大的或小的，都在树枝之间游来游去，就像鸟儿在空中飞翔一样。在海的最深处，是海王宫殿所在的地方。宫殿的墙是用珊瑚（shān hú）砌成的，高高的尖顶窗户是用最明亮的琥珀（hǔ pò）做的；但是，

屋顶却是由蚌壳（bàng ké）铺成的。它们随着水流自由开合，煞（shà）是好看，因为每一只蚌壳里都有一颗亮晶晶的珍珠；而任何一颗珍珠都可以成为王后凤冠上的装饰品。

海王多年来就是一个鳏夫（guān fū），不过他有老母亲替他管理家务。她是一个聪明的女人，但是对自己的高贵出身感到不可一世，总是在她的尾巴上戴着十二只海蛎（lì）子，而其他的显贵们只能戴六只。

除此之外，她还是值得大大称赞的，特别是因为她无微不至地关心照料那些小海公主。她们是六个美丽的孩子，其中最小的公主长得最漂亮。她的皮肤非常细嫩，就像玫瑰花的花瓣；她的眼睛非常蓝，就像深不见底的海水。但是，同其他公主一样，她没有腿，她的下半身是一条鱼尾。

在海底，宫殿里的各个大厅的墙壁上长满了鲜花。公主们可以在那些大厅里玩耍，来消磨美好而漫长的日子。琥珀做的大窗户是开着的，鱼儿可以游进来，就像我们打开窗户时燕子会飞进来一样。不过鱼儿会直接游到公主们的身边，从她们的手里吃东西，让她们抚摩。

宫殿前面是一座大花园，里面长满了火红的和深蓝色的树木，树上的果实像金子一样闪着亮光，花朵像燃烧的火焰。

花园的地上全是最细的沙子。在那里，到处都闪耀着一种奇异的蓝色光彩，你很容易以为自己站在高高的空中，头顶和脚下都是一片蓝天。当风平浪静的时候，你可以看见太阳：它像一朵紫色的花，从它的花萼里放射出各色各样的光。

每一位小公主在花园里都有自己的一小块地，她们可以随意在上面栽种。这位公主把她的花坛布置成一条鲸鱼，那位公主把她的花坛布置成一个小人鱼；可是最小的公主却把自己的花坛布置成圆形，像一轮太阳，而且种的花也像太阳一样鲜红。她是一个古怪的孩子，沉静而好思考。当其他的姐妹们炫耀（xuàn yào）她们从沉船中找到的稀奇罕见的东西时，她除了像太阳一样红艳艳的花儿之外，就只有一座精美的小雕像。这是一个英俊的少年；它用白色的大理石雕成，是被汹涌的海潮卷到海底来的。她在石像旁栽了一棵像玫瑰花一样红的垂柳。这棵树长得非常茂盛，它那鲜嫩的枝条越过石像，一直垂到蓝色的沙地上。它的影子呈蓝紫色，而且同它的枝条一样从不静止，看上去就好像枝条和树根在相互嬉戏和亲吻。

对她来说，最愉快的事情莫过于听别人讲有关人世间的故事；因此，老祖母不得不把她所有的关

于轮船、城市、人类和动物的知识都讲给她听。特别使她感到美好的事情是，陆地上的鲜花可以散发香味，而海底的却不能；陆地上的森林是绿色的，树上的鱼儿可以大声地歌唱，歌声优美动听。老祖母所说的"鱼儿"，其实就是小鸟。但是，如果她不这样讲，孩子们就听不懂，因为她们从来没有见过一只鸟儿。

"如果你们满了十五岁，"老祖母说，"我就允许你们浮出海面，在月光下坐在礁石上，观看过往的巨大船只，遥望森林和城市！"过了一年，姐妹们中的老大满了十五岁。由于她们一个比一个小一岁，因此，她们之中最小的妹妹要想浮出海面看看我们的世界是什么模样，还得等上整整五年的时间。不过，她们每个人都答应下一位，把她所看到的情景，把她第一天所发现的最美丽的东西，都讲给大家听，因为老祖母所讲的实在不够，而她们想了解的东西还很多很多。

但是，她们中间谁也没有最小的妹妹渴望得厉害，而她恰恰要等的时间最久；同时，她又是那样的沉默寡（guǎ）言和善于思考。不知有多少个夜晚，她站在开着的窗前，透过深蓝色的海水向上凝望，观察鱼儿怎样摆动它们的鳍（qí）

和尾。她也能看见月亮和星星。当然，它们发出的光非常黯淡（àn dàn），可是透过一层海水，它们看上去要比我们眼中的大得多。假如有一块乌云似的东西从眼前飘过，她便知道，这不是一条从她头顶游过的鲸鱼，就是一艘载着许多人的帆船；船上的人怎么也不会想到，水下有一个可爱的小人鱼正在向他们的船底伸出她那洁白的小手。

现在，最大的公主年满十五岁，可以浮出海面了。

当她回来的时候，她有各种各样的事情要讲。不过她说，最美的事情就是当海上风平浪静的时候，在月光下躺在沙滩上，观看岸上的城市。那座城很大，城里闪耀着无数像星星一样的灯光；她遥望着许许多多的教堂尖顶和别的塔尖，倾听着音乐声、人和车马的喧闹声以及教堂的钟声。最小的公主由于不能到上面去，所以她也就最渴望听到和见到这一切。

哦，最小的妹妹听得多么出神啊！当她夜间站在开着的窗前，透过深蓝色的海水向上凝望时，她就想起了那座充满各种声响的大城市，甚至还相信自己已经听到教堂的钟声正在向她飘来。

又过了一年，第二个姐姐得到许可，可以浮出

水面随便游到什么地方去了。她浮出水面的时候，太阳正好落山。整个天空看起来像金子一样，她说，而云彩呢，哦，那个美呀她简直无法描述出来。它们在她的头顶上飘过，有红的也有紫的；但是，比它们飞得还要快的，是一群野天鹅。它们像一片长长的洁白的面纱从水面上掠过，向着太阳飞去。但是太阳落下去了，玫瑰色的晚霞也在海面上和云彩间消逝了。

到了第三年，该第三个姐姐浮上海面去了。在几个姐妹中她胆子最大，因此她游到了一条流入海里的大河上。她看见了种满葡萄树的绿色丘陵；宫殿和农庄在茂密的树林后面时隐时现。她听见了鸟儿们美丽动听的歌唱；太阳照得那么温暖，她不得不时时地沉入水中，将她那灼热的面孔清凉一下。在一个小海湾里，她碰见一群人世间的小孩子，他们光着屁股跑来跑去，踩得水劈劈啪啪地响；她想同他们玩一会儿，可是他们吓得急忙逃走了。一只黑色的小动物向她跑来，这是一只狗，但她从来没有看见过狗。它朝她狂叫着，吓得她赶快游进大海。然而，她永远也忘不了那茂密的树林、绿色的山丘，还有那些会在水里游泳的可爱的孩子，显然他们没有鳍。

第四个姐姐可没有那么大胆了。她停留在荒凉的大海中间，说待在那儿是最美的事情，你可以看到周围数海里以外的地方，天空就像一个巨大的玻璃罩（zhào）扣在海面上。她也看见过船只，只是在很远很远的地方；它们看上去就像一只只海鸥。她还看到海豚(hǎi tún)逗人发笑地翻着跟头，巨鲸从鼻孔里喷着水，看上去就像无数个喷泉。

现在轮到第五个姐姐了。她的生日正好在冬天，因此她看到了其他姐妹第一次浮出海面时所没有看到的景象。大海一片碧绿，四周漂浮着巨大的冰山，她说，每一座冰山就像一颗珍珠，但是却比人类所建造的教堂的尖塔还要大得多。它们形状各异，奇奇怪怪，像宝石一样闪闪发光。她坐在最大的一座冰山上,让海风吹拂（chuī fú）着她那长长的头发，所有的船只都绕过她所坐的地方，惊恐地离去。可是傍晚时分，天空忽然布满了乌云，又是电闪，又是雷鸣，黑色的海浪把巨大的冰块高高地抛（pāo）起来，使它们在红色的闪电中发出亮光。所有的船只都收起了帆，笼罩在惊慌和恐怖的气氛中;然而她却安静地坐在那座浮动的冰山上,望着“之”字形的蓝色闪电射入泛着光亮的大海。

每一个姐妹第一次浮出海面的时候，对她们所

看到的东西都感到新鲜和美丽。但是，由于她们已经成了大姑娘，她们随时都可以到海面上去，这些东西就引不起她们的兴趣了。她们都渴望回家。一个月后她们说，还是在海底姐妹们待在一起好——在家里多舒服呀！

傍晚时分，五个姐姐常常互相挽（wǎn）着胳膊，在海面上嬉闹玩耍。她们都有一副好嗓子，歌声比任何一个人类的都动听。当风暴来临的时候，她们预感到有船只要出事，于是就游到这些船的前面，唱起悦耳动听的歌来，告诉那些水手海底是多么美丽，请他们不要害怕，放心到海底来。然而，那些人听不懂她们的话，他们还以为这是风暴的声音呢。再说，他们也没有兴致去看看海底，因为船一沉下去，人就会淹死，他们只能作为死人来到海王的宫殿。

傍晚，每当姐姐们手挽手浮出海面的时候，最小的妹妹总是孤单单地站在那里，眼巴巴地望着她们的背影。看样子她非哭一场不可，但是人鱼是没有眼泪的，因此她更感到难受。

“唉，要是我也满十五岁就好了！”她说，“我知道我会喜欢上面那个世界，喜欢在那里居住耕种的人们。”

最后，她终于十五岁了。

“瞧，现在你长大了！”她的祖母老王太后说，“来，让我给你打扮打扮，就像你的姐姐们一样！”于是，她在她的头顶戴上一个洁白的百合花环，不过这些花的每一个花瓣都是半颗珍珠。然后，老祖母又让八个海蛎子紧紧地夹在小公主的尾巴上，以此来显示她那高贵的身份。

“好疼呀！”小人鱼叫道。

“是啊，你要漂亮，就得忍着点！”老祖母说。

哎，她真想摆脱掉这些华丽的装饰，把沉重的花环扔到一边！要是用花园里她那些红色的鲜花来装扮自己，肯定要好得多，但她不敢这样做。于是她说了声“再见吧！”便像一个水泡那样轻盈敏捷地向海面游去了。

当她浮出海面的时候，太阳刚刚落山。但是，所有的云都闪射着玫瑰和金子一样的光彩；在淡红色的天空中央，长庚星是那样的明亮，那样的美丽，空气温和而新鲜，大海波平如镜。海面上停着一只巨大的三桅船，桅杆上只挂着一张帆，因为空中没有一丝风；水手们都坐在桅索（wéi suǒ）的周围和帆桁（héng）上。船上有音乐，也有歌声。夜幕渐渐落下，无数个各种各样的灯笼亮起来，它们看上去就像世界各国的旗子在空中飘扬。小人鱼

径直向舷窗游去；每当海水把她托起来的时候，她就可以透过像镜子一样明亮的窗玻璃，看见里面站着许多服饰华丽的男子。但是他们中间最漂亮的，是那位长着一对黑黑的大眼睛的王子；他很年轻，肯定不会超过十六岁。今天是他的生日，所以这里才如此热闹。水手们在甲板上跳舞。当王子走出来的时候，一百多束焰（yàn）火向天上射去，照得夜空亮如白昼（zhòu）。小人鱼吓了一跳，急忙没入水中。可是没过一会儿，她又把头伸了出来——这时仿佛满天的星星都向她身上落下来。她从未见过焰火。许多巨大的太阳发出嗞嗞的声响，光彩夺目的火鱼在蓝色的空中飞翔，这一切都映照在波平如镜的海面上。甚至船上也被照得那么亮，每一根细细的绳子都看得见，船上的人就看得更清楚了。哦，年轻的王子多么漂亮啊！他同人们握着手，微笑着……与此同时，美丽的夜空响起了音乐声。

夜已经很深了，可是小人鱼无法把她的目光从船上和这位英俊的王子身上移开。那些五彩缤纷的灯笼熄灭了，但是在海的深处却起了一片嗡嗡隆隆的声音。她坐在水上，一起一伏地漂着，这样她可以透过舷窗看见船舱里的东西。但是船加快了速度，船上的帆一个接一个地张开来，海涛越来越

小人鱼径直向舷窗游去；每当海水把她托起来的时候，她就可以透过像镜子一样明亮的窗玻璃，看见里面站着许多服饰华丽的男子。但是他们中间最漂亮的，是那位长着一对黑黑的大眼睛的王子；他很年轻，肯定不会超过十六岁。

凶，大块大块的乌云升起来，远处已经开始在闪电。啊，一场可怕的暴风雨就要来了！水手们赶快收起了帆。大船在狂怒的大海上颠簸着飞速前进。海水像一座座巨大的黑山似的高涨起来，仿佛要从桅杆上越过去；可是船却像一只天鹅，一会儿跌入波谷，一会儿又冲上浪尖。在小人鱼看来，这是一次非常有趣的航行，但水手们却不这样想。船发出喀嚓（kā chā）喀嚓的断裂声，厚厚的舱板被袭来的巨浪打弯了；桅杆像芦苇似的从中间折断了；船开始向一边倾斜，海水向舱里涌进来。这时小人鱼才知道他们遇到了危险；而她自己也得提防在水面上漂浮的船梁和船的残骸。片刻间，天空变得漆黑一团，她什么也看不见了。不过当闪电的时候，天空又变得非常明亮，船上所有的人她都看得清清楚楚。她特别注意搜寻那位年轻的王子。当船断裂的时候，她看见他向大海深处沉去。起初她非常高兴，因为他现在要到她身边来了；可是转念一想，人是不能在水里生活的，他除非死了，才能到达她父亲的宫殿。不，决不能让他死去！于是她穿过漂浮在海面上的船梁和舱板，向他游去，完全忘记了这些东西也会把她砸死。她深深地潜入水中，然后又爬上高高的浪尖，最后终于来到了年轻王子的身边。在这波涛汹涌的大海里，他几乎再也游不动了；他的四肢疲软无力，一双美丽的眼睛紧紧地闭着，如果不是小人鱼及时赶到，他必死无疑。她把他的头托出水面，随波漂流。

黎明时分，风暴过去了。那只船消逝得无影无踪，连一块碎木片也没有留下。火红的太阳从海面上升起，发出耀眼的光芒；王子的面颊仿佛因此而获得了生命，不过他的眼睛依然闭着。小人鱼吻着他那高高的美丽的额头，向后捋着他那水淋淋的头发。她觉得他很像海底下她那个小花园里的大理石雕像。她又吻了他一下，希望他能苏醒过来。

突然，她的眼前出现了一片陆地。陆地上耸立着一座座蔚蓝色的高山，山顶上闪耀着皑皑的白雪，仿佛一群群天鹅落在那里。山下的海岸上是一片片美丽的绿色森林，森林前面有一座教堂或者修道院，她分辨不清，反正是一座建筑物。建筑物的花园里长着柠檬树和橘子树，建筑物的大门前栽着高大的棕榈树。大海在这里形成一个小海湾，湾里风平浪静；但是从这儿到积满细细的白沙的山崖边，水都很深。她托着英俊的王子游过去，把他放在沙滩上，而且特别注意把他的头放在高处，让他沐浴着温暖的阳光。

这时，那座雄伟的建筑物里响起了钟声，一群

少女穿过花园走出来。小人鱼远远地游向海里，躲在几块露出水面的大石头后面，用海水泡沫盖住她的头和胸部，免得让人看见她那小小的面孔。然后她静静地注视着，看谁会向可怜的王子身边走来。

不一会儿，一个年轻姑娘走过来了。她好像很吃惊，但只是一转眼的工夫；然后她又找来了很多人。小人鱼看见王子苏醒过来了，他向周围的人微笑着，可是却没有向她微笑，因为他根本不知道是她救了他。她感到很伤心；于是当他被带进那座雄伟的建筑物的时候，她便悲哀地潜入水里，游回她父亲的宫殿去了。

她本来就是一个沉默寡言和爱想心事的孩子，现在越发这样了。姐姐们问她第一次浮出海面看见了什么，可她什么也不讲。

不知有多少个傍晚和早晨，她浮出水面，来到她离开王子的地方。她看到花园里的果实成熟了，被摘下来了；她看到高山上的雪融化了，然而就是不见王子的踪影。在宫殿里，她唯一的安慰就是坐在她那小小的花园里，双手搂着那座跟王子很相像的美丽的大理石雕像。但是她不再照料她那些花儿，任它们疯长，像在旷野里一样；它们长得遮住了过道，

火红的太阳从海面上升起，发出耀眼的光芒；王子的面颊仿佛因此而获得了生命，不过他的眼睛依然闭着。小人鱼吻着他那高高的美丽的额头，向后捋着他那水淋淋的头发。

它们那长长的茎和叶子同树枝交织在一起，使那块地方变得非常阴暗。

最后她实在忍不住了，就把这件事告诉了她的一个姐姐，于是其余的姐姐们马上也知道了。但是她们只把这件秘密透露给她们最亲近的朋友；除她们和另外几个人鱼外，再也没有人知道。她们之中有一位知道王子是谁，她也看到了那次在船上举行的庆祝会，而且还知道王子从哪里来，他的王宫在什么地方。

“来吧，小妹妹！”别的公主们说。她们互相把手搭在背上，排成长长的一列浮出海面，一直游到她们认为是王子的宫殿所在的地方。

这座宫殿是用一种淡黄色的闪闪发光的石头造成的，里面有许多宽大的大理石台阶，有一道台阶还直接伸到海里。华丽的镶金圆塔高高地耸立在宫殿的顶上。在这座建筑物四周的柱子之间，立着许多栩栩如生的大理石雕像。透过高高的窗户上的明净的玻璃，可以看见那些富丽堂皇的大厅，厅里挂着贵重的丝绸窗帘和壁毯，所有的墙壁上都装饰着大幅的油画。仅仅欣赏这些东西，就是一种莫大的享受。在最大的一个大厅中央，有一股巨大的喷泉在哗哗地喷水，水柱一直射向上面的玻璃圆屋顶。阳光透过圆顶上的玻璃照在水上，照在巨大的水池里那些美丽的植物上。

现在她知道了王子住的地方；有好些个黄昏和夜晚她都待在那里的水面上。她的胆子比其他姐姐都大，所以她游到了离陆地很近很近的地方。真的，她甚至游进那条窄小的河流，一直来到那个华丽的大理石阳台下。阳台的长长的影子倒映在水面上。她坐在那里，注视着年轻的王子，而王子还以为在皎洁的月光下就他一个人呢。

有好几个晚上，她看见他在音乐声中乘着他那艘豪华的游艇，艇上飘扬着许多旗子；她藏在绿色的芦苇中悄悄观望；风儿吹起她那长长的银白色的面纱，如果有人看见，他还以为是一只天鹅在展翅呢。

有好几个夜里，渔夫们举着火把在海上打鱼，她听见他们讲了许多有关王子的好话。她感到非常高兴，因为在海浪把他冲得半死的时候，是她救了他的性命。她还记得，当时他是怎样紧紧地躺在她的怀里，而她又是怎样热情地亲吻他。可是王子对这些事情一无所知，甚至连做梦也不会想到她。

渐渐地，她开始喜欢上了人类，渐渐地，她希

望能到他们中间去生活了。她觉得，他们的世界比她的天地大多了，他们可以乘船到海上去航行，可以爬上耸入云霄的高山；他们居住的陆地上有一座座巨大的森林，一片片一眼望不到尽头的田野。她希望知道的事情很多很多，可是她的姐姐们不能完全回答她的问题。于是她只好问她的老祖母了。老祖母对于上面那个世界的事情知道得可真不少，她把那个世界正确地称为海岸上的国家。

"如果人类不淹死的话，"小人鱼问，"他们会永远活下去吗？他们会不会像我们海里的人一样死去呢？"

"对，"老祖母说，"他们也会死去的，他们的生命甚至比我们还要短呢。我们可以活到三百岁；不过当我们的生命结束时，我们只是变成水上的泡沫，甚至连一座坟墓（fén mù）也不给我们的亲人留下。我们没有一个不灭的灵魂，我们死后再也不会有生命，我们就像绿色的芦苇一样，割掉以后再也绿不起来了。人类则相反，他们有灵魂，它永远活着，即使身体化成了尘土，它依然活着。它将升向明朗的天空，一直升到闪闪发亮的星辰上！就像我们升出水面后看到人类的世界一样，他们也会升到我们永远也不会看见的神秘而华丽的地方去。"

“为什么我们不能得到一个不灭的灵魂呢？”小人鱼悲哀地问，“只要我能做一天的人，将来死后升入天上的世界，我愿意放弃我在这儿所能活的几百岁的生命。”

“你可不能这样想！”老祖母说，“我们觉得，我们的生活要比上面的人类幸福得多，美好得多！”

“那么，我们只有死去，变成泡沫在海上漂流，再也听不见浪涛的音乐，再也看不见美丽的鲜花和火红的太阳了吗？难道我就没有任何办法得到一个不灭的灵魂？”

“是的，”老祖母说，“只有当一个人爱你胜过他的父母，只有当他把全部的思想和爱情都放在你的身上，只有当他让牧师把他的右手放在你的手里并答应将永远忠诚于你的时候，他的灵魂才会转移到你的身体上，你才会得到一份人类的幸福。他给了你一个灵魂，同时又保持了他自己的灵魂。但是，这类事情永远也不会有的！我们在海底下认为美的东西——比如你的鱼尾，他们在陆地上却认为非常难看。他们不懂什么叫美和丑。在他们那里，要想显得漂亮，就必须长有两根粗笨的柱子，他们把这种柱子叫作腿！”

小人鱼叹了一口气，悲哀地望着她那条鱼尾巴。

“让我们快乐些吧！”老祖母说，“我们可以

活三百年，在这三百年的时间里，我们要尽情地跳啊蹦啊。三百年确实是一段很长的时间，以后我们还可以更好地休息呢。今晚我们就在宫里举行一次舞会吧！”

那真是人们在陆地上永远也看不到的一种壮观的场面。大舞厅的墙壁和天花板都是用厚而透明的玻璃砌（qì）成的。成千上万个粉红和草绿色的大贝壳排列在四周；贝壳里燃着蓝色的火焰，照亮了整个大厅，同时也透过墙壁，照亮了外面的海。人们可以看到无数大的或小的鱼儿向玻璃墙游来，有的鳞片上发着紫色的光，有的则像金子和银子那样闪闪发亮。一股宽阔的水流从大厅中间穿过；海里的男人和女人们唱着悦耳动听的歌，在这水流上面跳舞。这样优美的歌声，陆地上的人是永远也唱不出来的。在所有的人中间，小人鱼的歌声最美。大家为她鼓掌，她心中有一阵子也感到非常快活，因为她知道，在陆地上和大海里，只有她的声音最美。但是，她很快又想到了上面的那个世界；她忘不了那位漂亮的王子，也忘不了自己因为没有他那样不灭的灵魂而产生的悲愁。因此，当大厅里充满了歌声和欢乐的时候，她悄悄地离开他父亲的宫殿，悲哀地坐在她的小花园里。忽然，她听见一阵号角声从海面上传来。她想：“一定是他乘船在上面航行。他是我爱之胜过父母的人，我时时刻刻都在思念着他，我要把我一生的幸福都放在他的手里。为了得到他和一个不灭的灵魂，我什么都敢做！现在，趁姐姐们在父亲的宫殿里跳舞，我要去找那位海的巫婆。虽然我一直很怕她，可是也许她能想出办法帮助我。”

于是小人鱼走出她的花园，向一个泡沫翻腾的漩涡（xuán wō）走去，海巫婆就住在漩涡的后面。这条路她以前从未走过；那里既没有鲜花，也没有海草，只有一片光溜溜的灰色的沙底，向漩涡那儿伸去。水在这里就像一架呼呼旋转的水车，把它所抓住的一切东西都卷入水底。要到海巫婆所住的地区去，她必须穿过毁灭一切的漩涡。有很长的一段路尽是冒着热泡的泥沼，海巫婆把这地方称为她的泥煤田。泥沼后面有一片古怪的森林，海巫婆的房子就坐落在这片森林里。那儿所有的树木和灌木丛都是半植物半动物的珊瑚虫；它们看上去就像从地下冒出来的多头蛇。它们的枝杈全是长长的黏糊糊的手臂，它们的手指跟蠕虫一样柔软。它们从根部到顶端，一节一节地蠕（rú）动着。它们紧紧地缠住它们在海里所能抓到的一切东西，再也不松开。小人鱼在森林前停住了脚步，非常惊恐；她吓得心怦怦直跳。她几乎

要转身回去了，但这时她想到了王子和灵魂，于是又鼓起了勇气。她把她那飘动的长发牢牢地盘在头顶，免得被珊瑚虫抓住。她把双手紧紧地贴在胸前，像鱼儿掠过水面一样从可恶的珊瑚虫中间冲过去，珊瑚虫只有在她的身后伸着它们那柔软的长臂和手指。她看见它们每一个都抓住一样东西，用它们无数的小手像牢固的铁箍一样紧紧地箍住它们。那些在海上遇难并沉入海底的人，在珊瑚虫的手臂里露出他们那白色的尸骨。珊瑚虫紧紧地抱着船舵和箱子，搂着陆地上动物的骸骨，其中还有一个被它们抓住并扼死的小人鱼。这对她来说，几乎是最可怕的事情。

现在，她来到森林中一大片泥泞的空地上。一条条肥胖的大水蛇在那里翻动着，露出它们丑陋的浅黄色的肚皮。在空地的中央，有一间用死人的白骨砌成的房子。海巫婆正坐在那儿，让一只癞蛤蟆从她的嘴里吃东西，就像人类给一只小金丝雀喂糖吃一样。她把丑陋而肥胖的水蛇称作她的小鸡，让它们在她那肥大松软的胸口上翻来翻去。

“我已经知道你想干什么了！”海巫婆说，“你虽然很笨，但是你有你的意志，它将把你推进不幸的深渊，我的美丽的公主！你想去掉你的鱼尾，把它换成两根支柱，能像人类一样走路，好让年轻的王子爱上你，你得到他的同时也能得到一个不灭的灵魂！”海巫婆一边说着，一边令人讨厌的大笑着，癞蛤蟆和水蛇都掉在了地上，在她周围爬来爬去。“你来得正是时候，”海巫婆说，“明天太阳出来以后，我就无法帮助你了，你还得再等上整整一年的时间。我给你准备一种药，你必须在太阳出来以前向陆地游去。到了那里以后，你坐在岸边上，把药喝下去，然后你的尾巴就会分成两半，收缩成为人类所谓的漂亮的腿了。但是这样非常痛苦，就像一把利剑砍进你的身体一样。凡是看见你的人都会说，你是他们所见过的最漂亮的孩子。你的步子非常轻盈，任何舞蹈家都比不上你。但是你每走一步，就像踩在一把尖刀上一样，仿佛你的血也要流出来似的。如果你愿意忍受这一切痛苦，我就帮助你！”

“我愿意忍受！”小人鱼用颤抖（chàn dǒu）的声音说道，心里想着王子和不灭的灵魂。

“不过你要好好想一想，”海巫婆说，“如果你一旦变成了人的形体，就再也变不成人鱼了！从此以后，你再也回不到海底，回不到你父亲的宫殿，来看望你的姐姐们了。假如你不能赢得王子的爱情，使他为了你忘掉

自己的父母，全心全意地爱你，假如你不能让牧师把你的手同他的手放在一起，宣布你们为夫妻，你就得不到一个不灭的灵魂。在他同别人结婚后的第一天早晨，你的心就会破裂，你就会变成水上的泡沫。”

“我心甘情愿！”小人鱼说；她的脸色白得像死人一样。

“但是你还得给我报酬！”海巫婆说，“而且我要的报酬（chóu）并不是微不足道的东西。在海底下所有的人当中，你的声音最美丽；不用说，你可以用你的声音迷住他，不过这声音你必须交给我。我要得到你最好的东西，作为我的贵重的药的交换品。我得把自己的血滴进这药里，使药力像一把双刃的宝剑一样锋利！”

“可是，如果你把我的声音拿去了，我还剩下什么东西呢？”小人鱼说。

“你还有美丽的体形呀，”海巫婆说，“你还有轻盈的步态和会说话的眼睛，你用这些东西完全可以迷住一个人的心。怎么，难道你失去勇气了吗？把你的小舌头伸出来吧，我要把它割下来作为我的报酬，而你也可以得到这剂烈性的汤药了！”

“就这样吧！”小人鱼说。海巫婆坐上她的药锅，熬（áo）起那种魔药来。“清洁是一件好事。”她说着，把几条蛇打成一个结，用它们来刷锅。然后，她把自己的胸口划破，让她那黑色的血滴进药锅里。蒸气从锅里冒出来，变成奇奇怪怪的形状，看上去挺怕人的。每隔一会儿，海巫婆就往锅里加入一种新的东西。煮到适当的时候，锅里便飘出一种像鳄鱼哭一样的声音。最后，药煮好了；它看上去就像最清亮的水一样。

“你拿去吧！”海巫婆说完便割下了小人鱼的舌头。从此以后，小人鱼变成了哑巴，既不能唱歌，也不能说话。

“当你回去穿过我的森林的时候，如果你被珊瑚虫抓住，”海巫婆说，“你只要往它们身上洒一滴这种药水，它们的手臂和手指立刻就会碎成万段！”不过，小人鱼用不着这样做，因为那些珊瑚虫一看见她捧在手里像一颗闪耀着的星一样晶莹透亮的药水，就从她面前惊恐地退了回去。于是她很快便穿过了森林、沼泽和泡沫翻腾的漩涡。

她可以看到父亲的宫殿了。大舞厅里熊熊燃烧的火把已经熄灭，他们大家肯定都入睡了；但是她不敢去看望他们，因为她现在成了哑巴，而且就要永远离开他们了。她的心痛苦得几乎都要碎了。她悄悄地溜进花园，

从每个姐姐的花坛上摘下一朵花，对着宫殿抛了上千个吻，然后就浮出了深蓝色的大海。

当她看见了王子的宫殿并踏上华丽的大理石台阶的时候，太阳还没有出来。月光皎洁，美丽无比。小人鱼把那种火辣辣的烈性药水喝了下去。她顿时觉得好像有一把双刃的利剑刺进了她纤细的身体；她昏倒在地，像死去一样。当太阳照在海上的时候，她才醒过来；她感到有一种刀割似的疼痛。但是她看见年轻英俊的王子站在她的面前，正用他那乌黑的眼睛注视着她，她不好意思地垂下了自己的眼睑。这时她发现，她的鱼尾巴已经不见了，却长出两条只有少女才有的最美丽的嫩白的腿。可是她没有穿衣服，因此她只好用她那浓密的长发盖住自己的身体。王子问她是谁，怎样到这里来的，她只是用她那深蓝色的眼睛温柔而又非常悲哀地望着他，因为她不会说话。王子拉着她的手，把她领进了宫殿。正如海巫婆所预言的那样，她每走一步，就像踩在尖刀上一样。但是她愿意忍受这样的痛苦。她扶着王子的手，走起路来就像气泡一样轻盈。王子以及其他所有的人望着她轻盈迷人的步态，感到无比的惊奇。

现在她穿上了用丝绸和麦斯林纱缝制的贵重的衣服；她

是宫中最漂亮的女人，然而她却是一个哑巴，既不能说话，也不能唱歌。漂亮的女奴穿着丝绸，戴着金银，来到王子和他的父母面前，为他们唱歌。其中有一个唱得最好听，王子不由得拍起手来，对她微笑着。小人鱼看见了，心中不禁生出一丝悲哀。她知道，从前她唱得要比那个女奴好得多。“哦，”她想道，“但愿他知道，我是为了和他在一起，才永远地失去了我的声音！”

这时，女奴们跟着美丽的音乐跳起了优雅轻柔的舞蹈。小人鱼也抬起她那美丽、白皙的手臂，踮（diǎn）起脚尖，在地板上轻盈地跳起来。从来还没有一个人像她这样跳过，她的每一个动作都更衬托（chèn tuō）出她的美来，她的眼睛比女奴们的歌声更能打动人的心。

大家都看得入了迷，特别是王子——他把她叫作“小弃儿”。她不停地跳着，虽然她的脚每触一次地面就像踩在尖刀上一样。王子说，从今以后她可以永远跟他在一起，并允许她睡在他门前的一个天鹅绒垫子上。

他让人为她做了一身男装，以便她能骑马陪伴他。他们穿过芳香扑鼻的森林，绿色的树枝掠过他们的肩头，小鸟们在歌唱。她陪王子爬上高山。虽然她的纤细

的脚流着血，别人都看得见，她依然笑着，伴随着他，直到他们可以看见云彩在他们的脚下飘动。

在王子的宫殿里，当夜晚别人都睡去以后，她便走到外面宽阔的大理石台阶上。为了使她的火辣辣作痛的脚清凉一下，她站在冰冷的海水里。这时，她想起了自己住在海底的亲人们。

一天夜里，她的姐姐们手挽着手，一边在海上游泳，一边悲哀地唱着歌。她向她们招手,她们也认出了她,并告诉她，她曾经多么使她们伤心。从此以后，她们每天夜里都来看望她。有一次，她还远远地看见了她多年未曾浮出海面的老祖母和头戴王冠的海王。他们向她伸着手，但是他们不敢像她的姐姐们那样游到海岸附近来。

王子一天比一天喜欢她。可是，他只能像爱一个善良的、可爱的孩子那样爱她，他从来没有想到要娶她为王后。然而她必须成为他的妻子，否则她就得不到一个不灭的灵魂，而且还会在他结婚的第一天早上变成海上的泡沫。

“在所有的人当中，你最爱我吗？”当王子把她搂在怀里吻她美丽的前额的时候，小人鱼似乎用她的眼睛这样说。

“是的，你是我最亲爱的人，”王子说，“因为在所有的人当中你的心最好。你是我最喜欢的人；你很像我曾经见过的一位年轻姑娘，可是我再也见不到她了。当时我坐在一只船上，船翻了，海浪把我抛到一座神庙旁的岸上。有好几位姑娘在那里做弥撒，其中最年轻的一位在岸边发现了我，并救了我的命。我只看见过她两次，她是我在这个世界上唯一能爱的人。可是你很像她，你几乎代替了她在我心目中的形象。她是属于那座神庙的，因为我的好运气把你送给了我。但愿我们永远也不分开！”

“唉，他还不知道是我救了他的生命呢！”小人鱼想，“是我把他托出海面，送到那座神庙所在的树林里的。我坐在泡沫后面张望，看是不是会有人来。我看见了那位姑娘——他爱她胜过了我！”小人鱼叹了一口气；她不会哭。“他说，那位姑娘属于那座神庙，她永远也不会到这个世界上来，他们再也不会见面。而我就在他的身边，每天看见他，我要照料他，爱他，为他献出我的生命！”

可是现在大家都在传说，王子马上就要结婚了，新娘就是邻国国王的女儿。为此，他准备好了一只豪华的游船。据称他要到邻国去参观，但实际上他是去看

邻国国王的女儿。他要带一大批随员同去。小人鱼摇了摇头，微笑了一下；她比别人更能看透王子的心事。

“我得旅行去！”王子对她说，“我得去看看那位漂亮的公主，我的父母要求我这样做，但他们不能迫使我把她作为未婚妻带回来。我不会爱她的，她不像神庙里的那位美丽的姑娘，而你却很像。如果要我选择未婚妻的话，我宁愿选你——我的有一双会说话的眼睛的哑巴弃儿！”于是他吻她红红的嘴唇，抚弄她长长的头发，并把他的头贴在她的胸口上，以至于使她又梦想起了人间的幸福和不灭的灵魂。

“你不害怕海吗，我的哑巴孩子？”当他们站在那只豪华的船上向邻国驶去的时候，他问。他还跟她谈论起风暴和风平浪静的大海，生活在大海深处的奇奇怪怪的鱼和潜水员在那里所看到的东西。他讲的时候，她微微地笑着，因为她心里明白，这类事情她比他知道得更清楚。

在一个月光皎洁的夜晚，除了舵手站在舵旁，大家都睡去的时候，她靠在船的舷栏上，凝望着清澈的海水。她相信自己看见了父亲的宫殿；老祖母头戴银冠，正高高地坐在屋顶上，透过激流向这只船的龙骨瞭望。不一会儿，她的姐姐们浮出海面，悲哀地望着她，痛苦地绞着她们白净的小手。她向她们招手，微笑，并想告诉她们，她现在很好、很幸福。可是这时船上的侍童向她走来，她的姐姐们立刻潜入水下，小侍童还以为他所看见的白色东西只不过是海上的泡沫呢。

第二天早晨，船驶进了邻国壮丽的皇城的港口。所有的教堂钟声齐鸣，长号声从塔楼上传下来，士兵们排列成队，举着飘扬的旗帜，端着明晃晃的刺刀。每天都举行一次宴会。舞会和聚会一个接着一个，可是公主始终没有露面。他们说，她在一座遥远的神庙里接受教育，学习皇家的一切美德。

最后，她终于出现了。小人鱼忍不住想看看她的美貌。看过之后，她不得不承认，她还从来没有见过比她更迷人的形体。她的皮肤是那样的细嫩，那样的白净；在她那长长的黑睫毛后面，一对深蓝色的诚实的眼睛在微笑着。

“就是你！”王子说，“当我像一具死尸似的躺在海岸上的时候，是你救了我的命！”于是他把满脸通红的未婚妻搂在自己的怀里。“啊，我太幸福了！”他对小人鱼说，“我从来不敢希求的最美好的东西，现在终于成为现实了。你一定会为我的幸福而高兴的，因为在所有的人中

间只有你最爱我！”小人鱼吻了一下他的手。她仿佛觉得，她的心已经开始在破裂。在他举行婚礼的那天早晨死神就会来到，她将要变成海上的泡沫。

教堂的钟声都响起来了，传令官骑马穿过大街小巷，宣布订婚的喜讯。所有的祭坛上都有香油在贵重的银灯里燃烧。祭司们挥动着香炉，新郎和新娘把手放在一起，接受了主教的祝福。小人鱼穿着丝绸、戴着金饰站在一旁，托着新娘的披纱，可是她的耳朵听不见这欢乐的音乐，眼睛看不见这神圣的礼仪。她想到了她的死亡之夜，以及她在这个世界上已经失去的一切。

当天晚上，新郎和新娘来到船上。礼炮轰鸣，旗帜飘扬。船中央搭起了一顶金色和紫色的皇家帐篷，新婚夫妇将在这里度过他们寂静和清凉的夜晚。

风鼓起了帆，船在明净的海面上平稳地行驶着。

夜幕降临，华灯点燃。水手们欢快地在甲板上跳起了舞。小人鱼不由得想起了她第一次浮出海面时的情景，想起了她看到的同样壮观和欢乐的场面。于是她也跳起舞来，旋转着，飞舞着，像一只被人追逐的燕子。大家为她的精彩舞姿喝彩，她从来没有跳得这样好过。虽然好像有一把尖刀在割她柔嫩的脚，但她感觉不到疼痛，因为她的心比刀割还要疼。她知道，这是她看到他的最后一个夜晚。为了他，她离开了她的家人和家乡，献出了她美丽的声音，每天都要忍受无尽的痛苦，然而他却一点儿也不知道。这是她同他在一起呼吸同样空气的最后一夜，也是她看见深不见底的大海和星光明亮的天空的最后一夜。同时，一个没有思想和梦境的永恒的夜在等待着她；她没有灵魂，她将永远也得不到一个灵魂了。一直到午夜过后，船上的一切都还沉浸在欢乐和愉快的气氛之中。她笑啊，跳啊，但是她的心里却怀着死的念头。王子吻着他美丽的新娘，她抚弄着他乌黑的头发，他们手挽手地走进帐篷去休息。

船上变得静悄悄的，只有舵手站在舵旁。小人鱼把她洁白的胳膊放在舷栏上，面向东方凝望着朝霞——她知道，第一道阳光将会把她杀死。这时，她看见她的姐姐们浮出了海面。她们的脸色像她一样苍白；她们美丽的长发不再随风飘拂，因为它们已经被剪掉。

“为了救你，不至于使你在今天夜里死去，我们把头发给了那个巫婆。她给了我们一把刀子，就是它！瞧，它多快呀！在太阳出来以前，你必须把它刺进王子

的心窝；当他的热血溅到你脚上的时候，你的双脚就会连在一起，长成一条鱼尾巴，你也会恢复人鱼的形体，下到海里，回到我们中间。那样，在你变成咸水泡沫之前，你还能活三百年的时光。快点动手吧！必须把他杀死——不然，在太阳出来之前你就得死去！我们的老祖母悲伤得连她的白发都脱光了，就像我们的头发在巫婆的剪刀下纷纷落掉一样。杀死王子，快回来吧！快动手吧！你没有看见天上的红光吗？过不了几分钟，太阳就要出来了，你就得死去！”她们长长地叹了一口气，便沉入浪涛中去了。

小人鱼把帐篷上紫红色的帘子撩（liāo）开，看见美丽的新娘躺在王子的怀里进入了甜蜜的梦乡。她俯下身，在王子漂亮的前额上吻了一下，然后仰望着天空。曙（shǔ）光越来越亮。她看了一眼那把尖刀，又把目光转向王子。王子在梦中念叨着新娘的名字；他的心中只有她。刀在小人鱼的手里抖动着——然而，她却把刀远远地向泛着红光的海浪中扔去。刀落之处，看上去就好像是一滴滴鲜血溅出了水面。她又一次用呆滞的目光望了王子一眼，然后纵身从船上跳入海中。同时，她觉得自己的身体在融（róng）化成泡沫。

现在，太阳升出了海面。阳光温暖地、柔和地照在冰凉的泡沫上，因此小人鱼丝毫没有感觉到死亡的痛苦。她望着明亮的太阳。无数美丽而透明的生物在她的头顶飘动。她透过它们可以看到船上的白帆和天空的红云。这些生物的语言好像旋律优美的音乐，然而却那么虚无缥缈（piāo miǎo），人的耳朵根本听不见。它们没有翅膀，它们凭借着自己轻飘飘的形体在空中浮动。小人鱼觉得自己也获得了这样一个形体，正渐渐地从泡沫中升起来。

“我这是在哪里呢？”她问。她的声音跟那些生物的声音一样。

“跟大气的女儿在一起呀！”其他声音回答说，“人鱼是没有不灭的灵魂的；假如她得不到一个人的爱情，她永远也不会有这样的灵魂。她永恒的存在取决于外来的力量。大气的女儿也没有不灭的灵魂，不过她们可以通过善良的行为创造出一个灵魂。我们向炎热的国度飞去吧，湿热的散布瘟疫（wēn yì）的空气在那里伤害人民，我们可以带去清凉的风，我们可以通过空气传播花香，送去愉快和健康。我们尽我们的所能去做善事，这样，三百年过后，我们就可以获得一个不灭的灵魂，并能享受到人类

的幸福。你这个可怜的小人鱼曾经像我们一样为这个目标奋斗过，你受尽了痛苦和磨难，你已经升到大气精灵的世界里来了。现在，你可以通过善良的行为去为自己创造一个不灭的灵魂了。”

小人鱼抬头望着上帝的太阳，她第一次感到自己的眼睛里有了眼泪。

在那只船上，人声又喧闹起来，新的一天的活动又开始了。她看见王子带着他美丽的新娘在找她；他们悲哀地凝视着翻腾的泡沫，仿佛他们知道她已经跳进了潮水里似的。她隐起身影，在新娘的前额上吻了一下，对王子微微笑了笑，然后同大气的其他孩子们一起，驾着玫瑰色的云彩，向太空飞去了。

“这样，三百年以后，我们就可以升入天国了！”

“我们也许还可以提前到达那里呢！”一个大气的女儿小声说道，“我们无影无形地飘进人类的屋子里去，那里有许多孩子。只要我们每人能发现一个给父母带来欢乐、同时又值得父母疼爱的孩子，上帝就可以缩短我们的考验时间。我们什么时候从屋子里飞过，孩子是不会知道的。当我们满心欢喜地对孩子微笑时，我们的三百年时间就会被减去一年。但是，如果我们发现了一个坏孩子，我们就会流出伤心的眼泪，而每一颗眼泪就会使我们的考验时间增加一天。”

坚定的锡兵

从前有二十五个锡（xī）兵，他们都是兄弟，因为他们是从一个旧锡勺里倒出来的。他们肩上扛着枪，脸朝着正前方；他们的制服是红色和蓝色的。他们躺在一个匣子里；当匣盖打开时，他们在这个世界上听到的第一句话就是："锡兵！"这是一个小男孩拍着巴掌喊出来的，因为这一天是他的生日，这些锡兵是他得到的生日礼物。现在，他把他们摆在桌子上。每个锡兵都是一模一样的，只有一个锡兵同别的稍微有点区别，他只有一条腿，因为他是最后铸出来的，锡不够用了；可是他用一条腿跟别的锡兵用两条腿站得一样稳，这也正是他的特点。

他们站的那张桌子上还摆着许多别的玩具，其中最引人注目的是一座用纸做的美丽的宫殿。透过那些小小的窗户，人们可以看到里面的大厅。在宫殿前面，有几棵小树围着一面小镜子；镜子看上去像一个清澈的湖，几只蜡做的小天鹅在湖面上游，它们的影子倒映在水里。这一切都很可爱，不过最可爱的是一位站在敞着的宫殿门口的小姐；虽然她也是用纸做的，但她穿着一件用最精细的亚麻布缝的裙子。她的肩上披着一条小小的、窄窄的蓝色绸带，看上去像是一条头巾；绸带中间插着一朵闪闪发光的装饰玫瑰花，有她整个脸那么大。这位小姐伸着两只胳膊，因为她是一个舞蹈家。她有一条腿抬得非常高，高得连那个锡兵都看不见了，因此他以为她跟他一样，只有一条腿。

"她倒可以做我的妻子！"他心里想，"不过她太高贵了。她住在一座宫殿里，而我只有一个匣子，还是二十五个人住在一起；这种地方恐怕她住不惯！不过我得跟她认识认识！"于是他在桌子上一个鼻烟壶后面直挺挺地躺下来；这样他可以更好地看看这位漂亮的小姐——她一直是用一条腿站着，而且没有失去平衡。

夜幕降临的时候，其余的锡兵都到匣子里去了；家里的人也都上床睡觉了。这时，玩偶们开始活动起来，它们不但玩"客人来了"，而且还玩"打仗"和"开舞会"。锡兵们在匣子里弄得丁零当啷响，因为他们也想出

来一起玩，可是他们又掀不开盖子。核桃钳子翻起跟头，石笔在石板上欢蹦乱跳；喧闹声吵醒了金丝鸟，她也跟着聊起来，而且张口就是诗。只有两个人站在原地没有动，一个是锡兵，一个是那位小舞蹈家：她用脚尖直挺挺地站着，两条胳膊向外伸开；他同样用一条腿站得稳稳当当，他的眼睛一刻也没有离开她。

这时，钟敲了十二下，只听嘭的一声，那个鼻烟壶的盖弹开了，可是里面并没有鼻烟，而是一个小小的黑魔鬼。这原来是个伪装。

“锡兵！”魔鬼说，“把你的眼睛放老实点！”

可是锡兵装作没有听见。

“明天等着瞧吧！”魔鬼说。

第二天早上，孩子们都起床了，他们把锡兵挪到窗台上。不知是哪个小捣蛋在搞鬼，还是穿堂风在作怪，窗门突然打开了，锡兵一个跟头从四楼掉下去。这真是一次可怕的旅行！他的腿跷在空中，他倒立在他的军帽上，刺刀插在路面的石缝里。

女用人和那个小男孩赶快到楼下来找他；虽然他们几乎踩着了他的身体，可他们还是没有看见他。如果锡兵喊一声“我在这儿”，他们一定会发现他的。但是，他觉得他穿着制服，这样大声喊叫不合适。

这时下起了雨；雨点越来越密，最后变成了一场暴雨。雨停之后，来了两个野孩子。

“你瞧！”其中一个孩子说，“这里躺着一个锡兵！咱们把他拔出来，让他坐小船去航行吧！”

于是他们用报纸折了一只小船，把锡兵放进去。锡兵乘着小船沿水沟顺流而下，两个小男孩在岸上一边跟着跑，一边拍着巴掌。天哪！水沟里掀起了多么大的波浪啊！这是多么大的一条激流啊！是的，刚刚下过一场暴雨嘛！纸船上下颠簸（diān bǒ），时不时地急速旋转起来，弄得锡兵头晕脑涨。但他仍然站得很稳，面不改色，肩上扛着枪，脸朝正前方。突然，小船驶进了一条很长的下水道；里面漆黑一团，好像他又回到他的匣子里去了似的。

“我要漂到哪儿去呢？”他想，“对，对，这全是那个魔鬼搞的鬼！啊，要是那位小姐也坐在这小船里，再黑一倍我也无所谓。”

突然，来了一只住在下水道里的水耗子。

“你有通行证吗？”水耗子问，“把通行证拿出来！”

锡兵一声不吭，把枪抓得更紧了。

小船继续向前驶去，水耗子在后面紧紧追赶。嚯，瞧它那副咬牙切齿的样子！它朝木片和稻草喊道："抓住他！他没有留下买路钱！他没有出示通行证！"

但是水流越来越大；锡兵已经可以看到下水道尽头的光亮了。不过他又听到了一阵轰鸣声，这声音简直可以把一个勇敢的男人吓得胆战心惊。想想看吧：下水道在这里汇入了一条大运河！这对他来说是非常危险的，就像我们被一条大瀑布冲下去一样。

他已经到了下水道的尽头，再也止不住了。小船冲了出去，可怜的锡兵尽可能把身体挺得直直的。谁也不能说他曾经眨过一下眼皮儿。小船一连旋转了三四圈，里面已经灌满了水，船要下沉了！锡兵站在水里，水已经没到了他的脖子。小船慢慢地往下沉，纸渐渐地散开了。水终于没过了锡兵的头顶——这时他想到了那位可爱的小舞蹈家，他再也见不到她的面了。这时，他的耳朵里响起了这样的话：

啊，永别了，勇敢的战士！

你面临的只有死路一条！

现在纸完全散开了，锡兵沉向水底——但是就在这时，一条大鱼把他吞进了肚里。

啊，鱼肚子里好黑呀！这儿比在下水道里黑多了，而且地方也非常狭窄。不过锡兵仍然很坚定，他直挺挺地躺着，肩上扛着枪。

这条鱼游来游去，做出许多可怕的动作；后来

它终于安静下来，一动也不动；接着一道像闪电似的光射进来；阳光非常明亮，一个声音喊道："锡兵！"原来这条鱼被捉住，送到市场上，被卖掉，带到厨房里，女厨用一把大刀剖开了它的肚子。她用两个手指夹住锡兵的腰部，把他拿到客厅里——大家都要在这里看一看这个在鱼肚子里作一番旅行的了不起的人物。但是，锡兵并没有因此而感到骄傲。他们把他放到桌子上，在这儿——啊，世界上的事情真是太巧了！锡兵又回到了他原先的房间里；他看到的还是从前的孩子们，桌子上摆着的还是从前的玩具：华丽的宫殿和迷人的小舞蹈家。她还是用一条腿站着，另一条腿高高地举在空中，她也同样的坚定。这使锡兵很受感动，他几乎流下了锡泪；不过他不能这样做。他看着她，她也看着他，但是他们一句话也没说。

这时，突然有一个小男孩拿起锡兵，把他扔进了火炉。他没有说明任何理由；这肯定又是鼻烟盒里的那个小妖魔搞的鬼。

锡兵站在那里被照得浑身发亮，他感觉到了一股可怕的热浪；不过他不知道，这种热浪是从真正的火里发出来的呢，还是来自于他的爱情。他身上的颜色已经褪光了；这是在旅途中失去的呢，还是由于忧愁的缘故，谁也说不准。他望着那位小姐，她也望着他。他感觉到自己在溶化；但他仍坚定地站着，肩上扛着枪。突然，门打开了，一阵风向那位小舞蹈家扑去，她便像空气仙女一样，飞进火炉，来到锡兵身边，在火中燃烧起来，化为灰烬（huī jìn）。这时，锡兵也化成了一个锡块。第二天女仆掏炉灰时，她发现锡兵变成了一颗小小的锡心。而那位小舞蹈家留下的只是那朵闪闪发光的装饰玫瑰花，但它现在已经被烧得像炭一样黑了。

野天鹅

当冬天来临的时候，燕子就要飞到一个遥远的地方去。在这个遥远的地方住着一位国王，他有十一个儿子和一个女儿，女儿的名字叫艾丽莎。这十一个兄弟都是王子。他们上学的时候，胸前戴着星章，腰上挎着宝剑；他们用钻石笔在金板上写字；他们能把书倒背如流，人们一听就知道他们是王子。他们的妹妹艾丽莎坐在用镜子做成的一只小凳上。她有一本图画书，这本书要用半个王国的代价才能买得到。

啊，这些孩子真是太幸福了！不过，他们并不是永远这样幸福。

他们的父亲是统治整个国家的国王。他娶了一个心肠狠毒的王后，她对这些可怜的孩子非常不好；这一点他们在第一天就看出来了。整个王宫在举行盛大的庆祝，孩子们都在玩“客人来了”的游戏；可是他们并没有吃到他们熟悉的蛋糕和烤苹果，她只给了他们一杯沙子，并且对他们说，他们可以把这当作好吃的东西。

一个星期后，王后把小妹妹艾丽莎送到乡下一个农户家里去寄养；没过多久，她又在国王面前说了很多关于这些可怜的王子的坏话，弄得他再也不愿意理睬他们了。

“你们飞到野外去吧，你们自己去谋生吧！”狠毒的王后说，“你们就像没有声音的巨鸟一样飞走吧！”可是，她想做的坏事并没有完全实现；他们变成了十一只美丽的野天鹅。他们发出一种奇异的叫声，从宫殿的窗户飞出去，越过花园，飞到森林里去了。

这时天刚蒙蒙亮，当他们从空中飞过的时候，他们的妹妹艾丽莎还躺在农民的屋子里睡觉呢；他们在屋顶上盘旋着，扭动着长长的脖子，拍打着巨大的翅膀，可是没有人听到或看到他们。于是他们继续往前飞，飞过高高的云层，飞向广阔的世界。最后，他们飞到一座巨大的黑森林里，这座森林一直延伸到大海的岸边。

可怜的小艾丽莎待在农民的屋子里，因为没有别的玩具，她只好玩着一片绿色的叶子。她在叶子

上戳了一个洞，通过洞口望着太阳，这时她仿佛看见了她的哥哥们明亮的眼睛；每当太阳照在她的面颊上的时候，她就想起了哥哥们给她的吻。

日子一天又一天地过去了。当风儿吹过屋前玫瑰花组成的高高的篱笆时，它小声地对玫瑰花说："还有谁比你们更漂亮呢？"可是玫瑰花却摇摇头，回答道："还有艾丽莎！"星期天，当老农妇坐在门边读《圣诗集》的时候，风儿吹起书页，对书说："还有谁比你更虔诚（qián chéng）呢？""还有艾丽莎！"《圣诗集》说。玫瑰花和《圣诗集》说的都是真的。

当艾丽莎到了十五岁的时候，她必须回家去。王后一眼看到她是那样的漂亮，不禁恼怒起来，心中充满了憎恨。她倒很想把她变成一只野天鹅，就像她的哥哥们一样，可是她还不敢马上这样做，因为国王还想看看自己的女儿。

一大清早，王后就来到了浴室里。浴室用白色的大理石砌成，里面放着柔软的坐垫，铺着最华丽的地毯。她拿起三只癞蛤蟆，每只亲吻了一下，然后对第一只说："当艾丽莎走进浴室的时候，你就坐在她的头上，让她变得像你一样呆笨！"接着她对第二只说："请你坐在她的前额上，让她变得像你一样丑陋，叫她父亲认不出她来。"随后她对第三只说："请你躺在她的心上，让她有一颗丑陋的心灵，叫她因此而感到痛苦。"说完之后，她把三只癞蛤蟆放进清澈的水里，水立刻就变成了绿色。她把艾丽莎喊进来，帮她脱掉衣服，让她下到水里。当她进入水里的时候，第一只癞蛤蟆坐到她的头发上，第二只癞蛤蟆坐到她的前额上，第三只癞蛤蟆坐到她的胸口上；可是这一切艾丽莎一点儿也没有发觉。当她站起来的时候，水上漂浮着三朵罂粟花。如果这几只动物不是有毒的话，如果它们没有被巫婆亲吻过的话，它们就会变成三朵红色的玫瑰花；不管怎么样，它们

肯定会变成花儿的，因为它们在她的头上和心口上待过，而她太善良、太纯真了，魔力没有办法在她身上发生作用。

恶毒的王后看到这种情景，就把艾丽莎浑身涂上核桃汁，使女孩子的皮肤变成了深棕色；她又往她漂亮的脸上涂了一种发臭的油膏，让她美丽的头发纠结在一起，这样一来谁也无法认出漂亮的艾丽沙了。

她父亲看到她的时候，不禁大吃一惊，说这不是他的女儿。除了看门狗和燕子之外，谁也认不出她了；可是它们都是可怜的动物，什么话也说不出来。

于是可怜的艾丽莎哭了，并想起了她那远在异乡的十一个哥哥。她怀着悲哀悄悄地溜出宫殿，越过田野和沼泽，走了整整一天，来到了一座大森林里。她不知道她要到哪里去，只是觉得非常伤心，想念她的哥哥们；他们和她一样被赶出了家门，她要去找他们，而且一定要找到他们。

在森林里待了没有多久，夜幕就降临了；她迷失了方向，既找不着大路，也找不着小径，于是只好在柔软的青苔上躺下来。她做完祷告，把脑袋靠在一棵树干上休息。四周一片寂静，空气是那样的柔和，在草丛里，在苔藓上，闪耀着无数萤火虫的亮光，就像绿色的火星一样。当她用手轻轻地碰

她怀着悲哀悄悄地溜出宫殿，越过田野和沼泽，走了整整一天，来到了一座大森林里。

了一下一根树枝时，这些闪闪发光的昆虫便像天上的流星一样向她身上飞来。

整个晚上她都梦见了她的哥哥们：他们又像儿时一样在一起玩耍，用钻石笔在金板上写字，看价值半个王国的美丽的图画书。不过，跟从前不一样的是，他们在金板上写的不再是零和线，不是的，而是一些最勇敢的事迹，这些事迹都是他们亲身经历过或亲眼看见过的。那本图画书里的一切都有了生命，鸟儿在歌唱，人从书里走出来，同艾丽莎和她的哥哥们说话。可是，当她一翻开书页的时候，他们马上便跳回到书里去了，不然的话，图画的位置就会被弄乱了。

当她醒来的时候，太阳已经升得老高了。实际上她是看不见太阳的，因为高大的树木用它们那浓密的枝叶遮住了太阳。不过，阳光在枝叶上跳动着，就像一朵用金子做成的摇曳的花朵。从绿色的枝叶上散发出一种清香，鸟儿飞到她的近旁，仿佛要落到她的肩膀上。她听到一阵潺（chán）潺的流水声，这是几股很大的泉水，它们全都奔向一个湖泊，而这湖泊的沙底真是美丽极了。湖的周围长满了浓密的灌木丛；不过有一处地方被鹿刨开了一个很大的缺口，艾丽莎可以通过这缺口走到湖边。湖水清澈见底。假如风儿没有把这些枝叶和灌木轻轻吹动的话，她还以为这些东西原本就是画在湖底上的呢，因为每一片叶子，无论是被阳光照耀着的，还是深深藏在浓荫下的，全都清清楚楚地映在湖水里。

她一看到自己的面孔，禁不住大吃一惊，因为它是那样的棕黑和丑陋。可是在她用小手沾了点水，揉（róu）了揉眼睛和前额后，她那雪白的皮肤马上又显露出来了。于是，她索性脱掉衣服，走进清凉的湖水里去。哇，在这个世界上再也找不到比她更漂亮的公主了。

当她重新穿好衣服、扎好长长的头发之后，她来到一处奔流的泉水旁，用手捧起水来喝。随后，她继续往森林深处走去，可是她不知道自己究竟会走到什么地方。她想念她亲爱的哥哥们，想念仁慈的上帝，她相信上帝是决不会抛弃（pāo qì）她的。上帝让森林里的野果子生长，就是为了让饥饿的人们吃饱肚子；现在他就把这样的一棵树指给了她。树枝全都被树上的果实压弯了；她就在这里吃她的午饭。她在这些枝叶下面支了一些柱子，然后就朝森林的最深处走去。四周是那样的寂静，她可以听见自己的脚步声，听见每一片小小的枯叶在她脚下的碎裂声；一只鸟儿也看不见，一丝阳光也透不过这些浓密的枝叶。高大的树干一棵紧

挨一棵地排列着，当她向前张望的时候，就仿佛她被关在密密匝(zā)匝的木栅栏里。啊,她以前从未体验过这样的孤独!

夜是那样的黑；青苔里连一点儿萤火虫的亮光也没有。她忧伤地躺下来准备睡觉。这时，她好像感到头上的树枝分开了，我们的主正用温和的目光注视着她；许多小天使也从上帝的头上和腋下偷偷地向下张望。

当她早晨醒来的时候，她不知道是自己在做梦呢，还是这一切都是真的。

她向前走了几步，遇见一个老太婆挎着一篮子浆果。老太婆给她几个果子。艾丽莎问她有没有看见十一个王子骑马从森林里穿过。

“没有,”老太婆说,“不过昨天我看见十一只头戴金冠的天鹅从附近的河里游过去了！”

她领着艾丽莎向前走了一段路，来到一个山坡前，一条蜿蜒的小河就从这个山脚下淌过。河两岸的树木伸出长长的树枝，把它们茂密的枝叶交叉在一起；有些树木天生没有办法把树枝伸向对岸，于是就让树根从泥土里钻出来，伸向水面，以便与它们的枝叶交叉在一起。

艾丽莎向老太婆道了声再见，沿着小河往前走去，一直走到这条小河汇入大海的那片广阔的沙滩上。

美丽的大海展现在小姑娘的面前，可是大海上却看不见一片船帆，也看不见一只小船。她怎样继续往前走呢？她望着海滩上那些数不清的石子，海水已经把它们洗圆了。玻璃、铁片、石块，所有冲到这里的东西，都被比她的小手还要柔软的海水磨出了新的形状。“海水在不倦地流动，坚硬的东西也被它磨平了。我要学习这种不倦的精神！谢谢您的教导，清澈的、滚动的海浪！我的心告诉我，总有一天您也会把我带到我亲爱的哥哥那里去的！”艾丽莎心想。

被海浪冲来的海草上有十一根白色的天鹅羽毛；她把它们捡起来扎在一起。羽毛上还带着水滴——这究竟是眼泪呢还是露珠，谁也说不清楚。海滨非常孤寂，可是她一点儿没有觉得，因为大海时时刻刻都在变幻着。是的，它在短短的几个小时内的变化，比起那些陆地湖泊整整一年的变化还要多。当一大片乌云飘过来的时候，大海仿佛在说：“我也可以看上去很黑暗呢！”随后风吹起来了，海浪泛出了白花；不过当乌云发出霞光、风儿静下来的时候，大海看上去就像一片玫瑰花瓣：它一会儿变绿，一会儿变白。可是不管大海多么平静，海边还是有微微的波动；这时

海水轻轻地起伏着，就像一个沉睡的婴儿的胸脯。

当太阳快要落山的时候，艾丽莎看见十一只头戴金冠的野天鹅向岸边飞来。它们一只接着一只，看上去就像一条长长的白练。艾丽莎赶快爬上山坡，藏在一丛灌木后面。天鹅们拍打着白色的大翅膀，徐徐地降落在离她不远的地方。

当太阳落到水下面以后，天鹅们身上的羽毛突然脱落下来，它们变成了十一个英俊的王子——艾丽莎的哥哥们。她禁不住大叫了一声。虽然他们的模样有了很大的改变，但是她知道是他们，她感觉到一定是他们。于是她扑到他们的怀里，叫着他们的名字。当他们看见并认出他们的小妹妹时，甭提他们有多高兴了。她现在长得那么苗条、那么漂亮。他们笑啊，哭啊，而且很快就知道了彼此的遭遇，知道了继母对他们是那样的不好。

最大哥哥说："只要太阳还悬在天上，我们兄弟们就得变成野天鹅在空中飞行；不过当太阳落下去的时候，我们就恢复了人形。因此我们必须注意，在太阳落山之前，一定要找个落脚的地方。如果这时还在云里飞，我们就会变成人掉进大海里去。我们并不住在这里；在大海的另一边，还有一个同样美丽的国度，可是去那里的路途非常遥远；我们必须飞过这广阔无垠的大海，而且途中没有一个小岛可以让我们过夜，中途只有一块荒凉的、小小的礁石露出水面。它的面积不大，我们只能紧紧地挨在一起在上面休息；当海浪涌起来的时候，水花就会拍打在我们身上。尽管如此，我们还是应该感谢上帝赐给了我们这块礁石。我们变成人在那里过夜；如果没有它，我们就永远看不见我们亲爱的祖国了，因为我们的飞行必须在一年中最长的两天内进行。一年之中，我们只能拜访我们的故乡一次，而且只能在那里停留十一天；我们可以在那座大森林的上空盘旋，望望我们在那里出生、我们的父亲在那里居住的宫殿，看看埋葬我们母亲的那座教堂的高高的塔楼。——在这里，树木和灌木就好像是我们的亲戚；在这里，野马在平原上奔跑，就像我们儿时看到的那样；在这里，烧炭人唱着古老的歌曲，我们儿时就是踏着它的曲调跳舞；在这里，有我们魂牵梦绕的祖国；就是在这里，我们找到了你啊，亲爱的小妹妹！我们还可以在这里逗留两天，然后我们就得越过大海，飞到一个漂亮的国度去，可它不是我们的祖国。我们怎样带你去呢？我们既没有小船，也没有舢板！”

“我怎样才能救你们呢？”小妹妹说。

他们几乎谈了一整夜的话，只睡了几个小时的觉。

艾丽莎被头顶上天鹅拍打翅膀的声音惊醒了。哥哥们又变成了天鹅，他们在空中绕着大圈子盘旋，最后向远方飞去。不过，他们中间最年轻的那只天鹅掉队了；他把头藏在她的怀里，她用手抚摸着他白色的翅膀，整整一天他们都依偎在一起。到了傍晚，别的天鹅又都回来了；太阳落山以后，他们又恢复了原形。

“明天我们就要离开这里了，有整整一年的时间我们都不能回来。可是，我们不能就这样丢下你不管呀！你有勇气跟我们一起走吗？既然我的手臂有足够的力气抱着你走过森林，难道我们的翅膀就没有足够的力气共同托着你飞过大海吗？”

“是的，带我一起走吧！”艾丽莎说。

于是，他们花了整整一夜的工夫，用柔软的柳枝皮和坚韧的芦苇，织成了一张又大又结实的网，让艾丽莎躺在里面。当太阳升起来的时候，哥哥们又变成了野天鹅，他们用嘴衔起网，带着他们亲爱的小妹妹向高高的云层飞去。太阳正好照在她的脸上，一只天鹅便飞到她的头顶，用他那宽大的翅膀遮住阳光。

当艾丽莎醒来的时候，他们已经远远地离开了陆地；她被托着在高高的空中飞越大海，那种感觉非常奇妙，她以为自己还在做梦呢。在她的身旁放着一根结满了美丽的熟浆果的枝条和一束味道甘美的草根；这是那个最小的哥哥采来并放在她身旁的。她微笑着向他表示感谢，因为她已经认出这就是他，他正在她的头上飞翔并用他的翅膀为她遮挡阳光。

他们飞得那么高，他们第一次发现下面的船是那样的小，就像一只白色的海鸥浮在海面上。他们的身后耸立着一块巨大的乌云，它简直就是一座完整的山。艾丽莎看见她自己和十一只天鹅的影子都倒映在那座山上。他们飞行的队列非常庞大，看上去就像一幅图画，而且比他们

以前看到的任何图画都要美丽。可是太阳越升越高，那块乌云远远地落在了他们的身后，漂浮的影像也渐渐消失了。

他们整天像呼啸（hū xiào）的箭一样在空中向前飞行，可是速度还是比以往慢了很多，因为他们这次是在托着他们的妹妹飞行。天气开始变坏，夜幕即将来临；艾丽莎担心太阳马上就要落下去，可是大海上那块孤独的礁石还没有出现。她仿佛觉得，天鹅们正在更加奋力地拍打着他们的翅膀。唉，他们飞不快，全是她的缘故；要是太阳落山了，他们就会变成人形，掉进大海里淹死。于是她在心底里向我们的主祈祷，但还是看不见礁（jiāo）石。乌云越来越近，狂风预示着暴风雨即将来临。乌云凝结(níng jié)成了一大片汹涌的海浪，像铅水一样向前翻滚着；闪电一道接着一道。

现在太阳已经接近了海平面。艾丽莎的心颤抖起来。这时天鹅们开始向下俯冲，速度是那样的快，她以为自己会掉下去，可是他们马上又飞了起来。太阳已经有一半沉入水中，这时她才第一次看到她下面那块小小的礁石——它看上去比把头浮出水面的海豹大不了多少。太阳落得那样快，现在变得只有一颗星星那么大了；这时她的脚也触到了坚实的地面。最后，太阳像纸烧过后残余的火星，很快就消失了。她看见哥哥们手拉着手站在她的周围，不过除了他们和她站的地方之外，再也没有多余的空间了。海水拍打着礁石，像阵雨似的向他们袭来；天空闪闪发亮，像燃烧不熄的火焰；雷声一阵紧接一阵，隆隆作响。但是，妹妹和哥哥们手挽着手唱起一首圣诗，从中得到了安慰和勇气。

黎明时分，空气是那样的纯洁和宁静。太阳刚刚升起，天鹅们就带着艾丽沙飞离了小岛。大海仍然汹涌澎湃；不过当他们飞到高空之后，墨绿色大海上的白色泡沫看上去就像无数只天鹅浮在水面上。

太阳升得更高了，艾丽莎看到前方有一个多山的国度漂浮在半空中。那些山的岩石上覆盖着闪闪发亮的冰层，山中央有一座几里长的宫殿，宫殿连接着一排又一排轮廓分明的柱廊；山下是一片起伏不平的棕榈树林和一朵朵大如水车轮子的奇美无比的花朵。她问这是不是他们要去的那个国度，可是天鹅们摇了摇头，因为她看到的只不过是仙女莫尔甘娜那华丽无比、变幻莫测的云中宫殿罢了，他们是不敢把人带到那里去的。艾丽莎凝视着它；顷刻间，高山、树林和宫殿一起消失了，取而代之的是二十座雄伟壮丽的教堂，它们全都一个样：高高的塔楼，尖尖的窗户。她仿

佛觉得自己听到了教堂的风琴声，其实那是大海发出的声音。当他们快要接近教堂时，它们却变成了一行帆船；她向下看去，那只是浮在水面上的一层海雾。是的，她眼前的一切在永远不停地变幻着。现在，她终于看见了她要去的那个真正的国度；那里有美丽的青山，山上有杉树林、城市和宫殿。在太阳还没有落山之前，他们早已落到了一个巨大的山洞前的一块岩石上。洞口长满了细嫩的、绿茵茵的攀缘植物，它们看上去就像绣花的地毯。

“我们倒要看看，今天夜里你在这里会做什么梦！”最小的哥哥说，同时把她的卧室指给她。

“但愿我能梦见怎样解救你们！”她说；这种想法如此强烈地困扰着她，使她在心里虔诚地向上帝祈祷（qí dǎo），希望得到他的帮助。是的，甚至在睡梦中她还不断地做着祷告。这时，她仿佛自己飞到了高高的空中，飞到仙女莫尔甘娜的云中宫殿里去了。这位仙女出来迎接她，她是那样的美丽和光彩照人；然而尽管如此，她还是很像那个老太婆，那个在森林中给她浆果并向她讲述头戴金冠的天鹅们的故事的老太婆。

“你的哥哥们是可以解救的！”她说，“不过你有勇气和耐心吗？海水比你细嫩的手还要柔软，可是它可以改变石头的形状；不过它不会像你的手指那样感到疼痛；它没有一颗心，因此它不会感到你所忍受的那些恐惧和痛楚。你看见我手里拿着的这种荨麻（qián má）了吗？在你睡觉的那个山洞的周围，就长着许多这样的荨麻。只有生长在那里和教堂墓地的荨麻才有用，请你记住这一点。你必须采集到这种荨麻，虽然它会把你的手烧得起泡。你用脚把荨麻皮踩碎，然后就能抽出纤维。你必须用这些纤维织出十一件带长袖的披甲来，然后把它们披到十一只野天鹅的身上，魔法就可以解除。但是请你记住：从你开始做这件事的那一刻，一直到做完这件事为止，即使它需要几年时间才能完成，你也不能说一句话；你说出的每一个字，就会像一把致命的匕首刺中你哥哥们的心脏。他们的命运就悬在你的舌尖上，请你千万要记住这一点！”

刚说完仙女就让她摸了一下荨麻；那荨麻像燃烧的火，艾丽莎一触到它便醒了。这时天已经大亮，而紧靠她睡觉的地方就有一根荨麻——它同她在梦中所看到的一样。于是她跪在地上，感谢我们的主。随后她走出山洞，开始工作。

她用柔嫩的手抓取这些可怕的荨麻；它们就像火一样，把她的手和胳膊烧起了许多水泡。但是，只要能解救她的哥哥们，她宁愿忍受这样的痛苦。她赤脚踩碎每一根荨麻，从中抽取绿色的纤维。

当太阳落山的时候，哥哥们回来了。他们发现她一句话也不说，不禁感到非常惊恐。他们以为是狠毒的继母又施了什么新的魔法；不过当他们一看到她的手，就明白了她是在为他们受苦。那个最小的哥哥忍不住哭了起来，他的眼泪滴到她身上什么地方，她就不再感到疼痛，甚至连那些火烧火燎的水泡也消失不见了。

她整夜都在不停地工作，因为在她的哥哥们得到解救之前，她是不会休息的。第二天一整天，当天鹅们飞走之后，她都是一个人孤独地坐着，可是时间从未像现在过得这么快。一件披甲织完了，她马上开始织第二件。

这时山间响起了打猎的号角声；她感到非常害怕；声音越来越近，她听到了猎犬的吠叫声。她惊恐地躲进山洞，把她采集到的和梳理好的荨麻扎成一捆，然后自己坐在上面。

与此同时，一只大猎犬从灌木丛中跳出来，随后一只接着一只；它们大声地吠叫着，跑回去，又跑回来。不到几分钟时间，所有的猎人都来到了洞口前。他们中间最漂亮的那位就是这个国家的国王。他向艾丽莎走来；他还从来没有看见过比她更漂亮的姑娘。

“你怎么到这里来了，可爱的孩子！”他说。艾丽莎摇了摇头，她不敢说话，因为这关系到她哥哥们的得救和性命。她把她的手藏到围裙下面，不想让国王看见她所忍受的痛苦。

“跟我走吧！”他说，“你不能留在这里！如果你的善良就像你的美貌一样，我将让你穿上丝绸和天鹅绒做的衣服，头上戴着金制的王冠,吃住生活在我最富有的宫殿里！”——说完之后，他把她抱到了他的马上。她哭起来，并使劲地绞着双手。但是国王说：“我只希望你得到幸福！你将来会感谢我的！”然后他策马从山间穿过。他让她坐在他的前面，其他的猎人都跟在后面。

当太阳落下去的时候，他们的眼前出现了一座有许多教堂和圆顶建筑的都城。国王把艾丽沙领进宫殿——宫殿里有许多用大理石砌成的高大的殿堂，殿堂里喷涌着巨大的泉水，四周的墙壁和天花板上绘满了壁画。但是她没有心思看这些东西，她只是流着眼泪，感到非常悲伤。她漠然地让宫女们给她穿上宫廷（gōng tíng）服装，在她的

头发上插上珍珠，给她起了水泡的双手戴上精致的手套。

穿戴完毕之后，她看上去是那样的美丽无比、光彩照人，宫里所有的人都在她面前深深地弯下了腰。国王选她做自己的新娘，尽管大主教频频摇头，嘟嘟囔囔，说这位漂亮的林中姑娘肯定是一个女巫，她蒙住了众人的眼睛，也迷住了国王的心。

但是国王不予理睬，他下令奏起音乐，端来美味佳肴，让最漂亮的宫女们在她的周围跳舞。艾丽莎被人领着穿过芬芳的花园，走进富丽堂皇的大厅；可是她的嘴唇上或者眼睛里没有露出一丝微笑，而忧伤则是那里的永久住客。这时，国王打开了旁边一间小屋的门，这就是她睡觉的地方。小屋里装饰着贵重的绿色花毯，如同她曾经住过的山洞一样；地板上放着那捆她抽取纤维的荨麻；屋顶上挂着那件她已经织好的披甲。所有这一切都是其中的一个猎人带回来的。

“在这里你可以从梦中找回你以前的家！”国王说，“这是你在那里忙着做的工作；现在你住在优雅的环境中，高兴的时候，你可以回忆一下过去的时光。”

当艾丽莎看到这些心爱的东西时，她的嘴角浮现出一丝微笑，她的脸颊也现出了绯红。她想到解救哥哥们的事，于

说完之后，他把她抱到了他的马上。她哭起来，并使劲地绞着双手。

是吻了一下国王的手；国王把她紧紧地揽（lǎn）在胸口，下令敲起所有教堂的钟，宣告他要举行婚礼。美丽的林中哑女成了这个国家的王后。

大主教在国王的耳边偷偷地说了许多坏话，但是国王根本没有把他的话放在心上。婚礼照常举行，大主教不得不亲手把王冠戴在她的头上。他恶意地把狭窄的帽箍紧紧地压在她的额头上，想使她感到疼痛；可是她的心中还有一个更沉重的箍子，那就是为她的哥哥们担忧。因此，肉体上的痛苦她就感觉不到了。她的嘴不能说话，因为她只要说出一个字，就会要了她哥哥们的命。不过，对这位善良、英俊、想尽一切办法使她快乐的国王，她可以用眼睛表示一种深深的爱意。她全心全意地爱着他，而且这种爱一天比一天更深切。哦，她多么希望能够信任他，把她的痛苦告诉他啊！但是她不能说话，她必须完成她的工作。因此，夜里她悄悄地从他身边走开，来到那间装饰得像山洞的小屋。她一件又一件地织着披甲，可是当她织到第七件的时候，她的麻用完了。

她知道教堂的墓地生长着这种她需要的荨麻，不过她必须亲自去采集。可是她怎么才能到那里去呢？

“哦，比起心灵上的痛苦，手指上的疼痛又算得了什么呢！”她想，“我必须去冒一下险！我们的主不会丢下我不管的！”

于是她怀着恐惧的心情，好像蓄意做什么坏事似的，在月光皎洁的夜晚悄悄地溜进花园，穿过长长的林荫夹道，走到空无一人的大街上，一直来到教堂的墓地。在那里，她看见一块最宽大的墓碑上坐着一圈拉弥亚——丑陋的女妖。她们脱掉衣服，好像要去洗澡的样子。她们用又细又长的手指挖开新埋的坟墓，拖出尸体，然后吃他们的肉。艾丽莎不得不从她们的眼皮底下走过；她们用恶毒的目光死死地盯着她。但是她嘴里念着祷词，迅速地采集着荨麻，然后把它们扛回到宫里。

只有一个人看见了她，那就是大主教。当别人还在睡觉的时候，他已经醒来了。现在他的猜想完全得到了证实：她根本就不是什么王后；她是一个巫婆，因此国王和所有的百姓全都被她蒙住了。

在忏悔（chàn huǐ）室里，他把他所看到的和担心的事情告诉了国王。当这些尖刻的话语从他的舌尖上流出来的时候，众神的雕像都摇起头来，仿佛在说：事情不是这样，艾丽莎是无辜的。但是，大主教却对此作了

另一番解释，他认为这是众神看到了她的罪行，对她的罪孽(zuì niè)摇头表示无奈。这时，两滴沉重的眼泪顺着国王的脸颊流了下来，他心中怀着疑虑回到了王宫。夜里，他装作睡觉，可是他的两眼一点儿睡意也没有：他看见艾丽沙怎样爬起来，而且她夜夜如此；每天晚上他都悄悄地跟在她的身后，看见她消失在她的小屋里。

国王的脸色变得一天比一天阴沉起来。艾丽沙看在眼里，却不明白其中的缘故。然而她感到非常担心，何况她的心中还为她的哥哥们忍受着痛苦呢！她苦涩的眼泪一串串滚落在她那王后的天鹅绒和紫色衣服上，就像一颗颗晶莹发亮的钻石。凡是看到这种豪华富贵的女人，都希望自己成为王后。与此同时，她的工作也快做完了，只剩下一件披甲还没有织。可是她再也没有荨麻了，连一根荨麻皮也没有了。因此她还得再去一次，也就是最后一次去一趟教堂墓地，去采集几把荨麻来。她一想起那孤独的路途和可怕的拉弥亚，就不禁害怕起来；可是她的意志还非常坚定，就像她对上帝的信仰一样。

艾丽莎在前面走，国王和大主教跟在后面。他们看见她穿过通往墓地的栅栏门后就消失不见了。当他们走近的时候，墓碑上正坐着一群拉弥亚，同艾丽沙看见的完全一样。国王掉头便走，因为他认为她就是她们中的一个，而她的头今天晚上还在他的怀里躺过呢。

“必须让人民来审判她！”国王说。人民判她处以火刑。

她从富丽堂皇的皇宫大殿被带到了一个漆黑而潮湿的地窖。在这里，风儿呼啸着吹进带栅栏的窗户，人们不再给她穿天鹅绒和绸子做的衣服，而是把她采集来的那捆荨麻扔给了她。她可以把头枕在这捆荨麻上，还可以把她亲手编织的坚硬而刺人的披甲当作被子和地毯。可是再也没有什么东西比这更让她喜爱的了。她又开始工作并向她的上帝祈祷。在外面，街上的孩子们唱着讽刺她的歌曲；没有任何人用一句温柔的话来安慰她。

黄昏时分，格子窗外传来了一只天鹅拍打翅膀的声音！这是她最小的哥哥，他找到了他的妹妹。她高兴得呜咽起来，尽管她知道，即将来临的夜晚很可能就是她所能活过的最后一晚。但是现在，她的工作差一点就要完成了，她的哥哥们也来到了这里。

这时大主教来了，他要陪她度过最后的时刻，因为他曾经答应过国王。但是她摇了摇头，用目光和表情要求他离开。今天晚上她必须完成她的工作，不然的

话，一切都会成为徒劳——她的痛苦、她的眼泪、她的不眠之夜,都会变得毫无意义。大主教说了些恶毒的话,然后就离开了。不过，可怜的艾丽沙知道自己是无辜的，她继续做她的工作。

小耗子们在地上跑来跑去，把荨麻皮拖到她的脚前，也算是帮她一点点忙；而画眉鸟则坐在窗格子上，整夜为她唱着优美的歌曲，为了使她不失去勇气。

天还没有蒙蒙亮，当太阳还有一个小时才升起的时候，艾丽莎的十一个哥哥已经站在宫殿的大门前，他们要求晋见国王。但是他们的要求不可能实现；他们被告知，现在还是夜里，国王还在睡觉，不能叫醒他。他们恳求着，他们威胁着，最后警卫来了，甚至连国王也亲自来了，问究竟发生了什么事。这时，太阳正好升起，十一个兄弟突然消失不见了，只有十一只野天鹅在王宫的上空盘旋。

都城里所有的人都向城门外涌去，他们要看看用火烧死女巫的情景。

一匹瘦骨嶙峋（lín xún）的老马拉着一辆囚车，艾丽莎就坐在车上。人们给她穿上一件用粗布做的囚服，她那可爱的长发蓬松地垂在她美丽的头上，她的两颊像死人一样惨白，她的嘴唇微微地颤抖着，同时她的手指还在编织着绿色的荨麻。即使在赴死的路上，她也没有中断已经开始的工作。十件披甲堆放在她的脚旁，她正在织第十一件。众人都在嘲笑她。

“瞧这个女巫，她口中还在念念有词呢！她手上拿的不是《圣诗集》，不是的，到了现在她还玩弄她那可恶的妖物呢。把它夺下来，撕成一千块碎片！”

于是所有的人都向她涌去，要把她手上的东西夺下来撕成碎片。这时飞来了十一只白天鹅，它们围坐在囚车的周围，拍打着它们巨大的翅膀。众人惊恐地向两边退去。

“这是上天的兆示！她肯定是无辜（gū）的！”许多人小声议论着，但是他们不敢大声说出来。

当刽子手抓住她的手臂的时候，她急忙把十一件披甲扔到十一只天鹅的背上，十一只天鹅马上变成了十一个漂亮的王子站在那里。可是最小的那个王子还留着一只天鹅的翅膀作为手臂，因为他的披甲缺少一只袖子，她还没有把它完全织好。

“现在我可以说话了！”她说，“我是无辜的！”

众人看到眼前所发生的一切，都禁不住在她面前弯下腰来，就像对待一位圣女一样；而她却倒在

哥哥们的怀里，失去了知觉，因为紧张、恐惧、疼痛都在她身上发生了。

“是的，她是无辜的！”最大的哥哥说；于是他讲述了所发生的一切。当他说话的时候，一阵香气徐徐散发开来，好像有几百万朵玫瑰同时开放，因为柴堆上的每一根木头都生出了根，抽出了枝条；现在矗立在那里的是一道香气扑鼻的篱笆（lí ba），它又高又大，上面长满了红色的玫瑰。在最高处，有一朵洁白而耀眼的鲜花，它熠（yì）熠生辉，就像一颗星星。国王把它摘下来，插在艾丽莎的胸前；这时她苏醒过来，心中充满了平和与幸福的感觉。

所有教堂的钟都自动地响起来了，鸟儿们成群结队地飞来；一支庆祝婚礼的队伍浩浩荡荡地向宫殿进发，从前还没有一位国王看到过如此盛大的场面。

丑小鸭

乡下美极了，时值夏日，小麦一片金黄，燕麦绿油油的，干草在绿色的牧场上堆成垛，鹳（guàn）鸟用它那红红的长腿站立着，喋（dié）喋不休地讲着埃及话；这种语言是它从母亲那里学到的。耕地和牧场周围是一片片的大森林，林中有一些很深的湖泊。的确，乡下真是美极了！一座古老的庄园躺在阳光下，它的四周环绕着几条深深的水渠；从墙脚到水边长满了牛蒡的大叶子，有的叶子长得非常高，小孩子简直可以直起腰来站在下面。这儿也是很荒凉的，就像森林的最深处一样。一只母鸭蹲在她的窝里，她得把她的几个孩子都孵出来；不过她已经感到很无聊了，因为要把小鸭子孵出来，需要很长很长的时间；何况很少有人来拜访她，别的鸭子宁肯在水渠里游荡，也不愿上来，坐

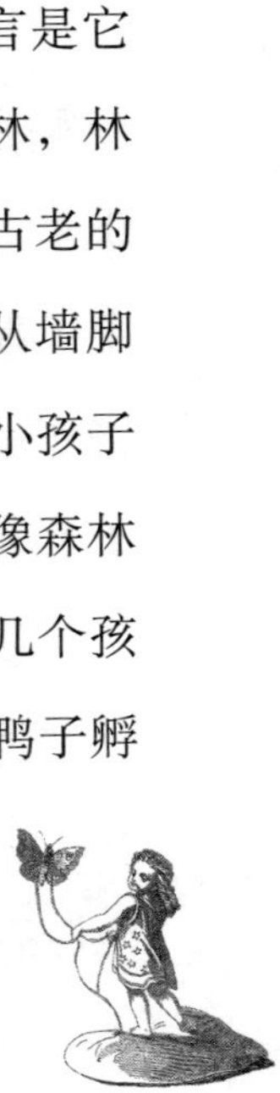

在牛蒡叶子下同她聊天。

最后，那些鸭蛋终于一个接一个地裂开了。啪！啪！蛋壳响起来；现在，所有的蛋黄都变成了小生命，他们一个个把脑袋伸了出来。

“嘎（gā）！嘎！”鸭妈妈叫道；于是，他们也使尽力气跟着嘎嘎地叫起来。他们在绿叶下面向四周张望；鸭妈妈随他们去看，因为绿色对眼睛是有好处的。

“世界好大呀！”小鸭们齐声说道；的确，他们现在的天地要比蛋壳里大多了。

“你们以为，这就是整个世界吗？”鸭妈妈说，“它伸展到很远很远的地方，越过花园的那一边，一直延伸到牧师的田里；那儿连我都没有去过呢！你们都在这儿吗？”她站起来接着说，“不，我还没把你们全都孵出来，那只最大的蛋还躺在那儿。它还要躺多久呢？我都快要烦了！”于是她又坐了下来。

“喂，怎么样啦？”一只来拜访她的老母鸭问道。

“这一只蛋费的时间真长！”蹲着的母鸭说，“它老也不裂开。你去看看别的吧，难道他们不是最招人喜爱的小鸭子吗？他们都像他们的父亲——那个坏东西！他一次也没来看过我。”

"让我瞧瞧那只老也不裂开的蛋吧！"来访的老母鸭说，"请相信我，这是一只火鸡蛋！有一次我也受过同样的骗，那些小家伙不知给我带来了多少麻烦和苦恼，因为他们都害怕水！我怎么也把他们赶不下水去；无论我怎么说怎么嚷，也无济于事。——让我来瞧瞧这只蛋吧。哎呀，这真是一只火鸡蛋！让它躺着吧，你最好还是去教别的孩子游泳得了！"

"我还是在上面再坐一些时候吧。"鸭妈妈说，"既然我已经坐了这么久，我就索性再坐几天。"

"那就请便吧。"老母鸭说完就走了。

最后，那只大蛋终于裂开了。"咻（xiū）！咻！"小家伙叫着，从蛋壳里爬出来。他又大又丑！鸭妈妈打量着他。"这只小鸭子真是大得怕人！"她说，"别的孩子没有一个像他这样。难道这真是一只小火鸡吗？我们马上就会弄明白的。他得下水去，我踢也要把他踢下去。"

第二天，天气晴朗，风和日丽；阳光照在绿色的牛蒡上。鸭妈妈带领她的全家来到水渠（qú）边。扑通！她跳下水去。"嘎！嘎！"她叫道；于是小鸭子一个接一个地跳下去。水没过了他们的头顶，但是他们马上又冒了出来，很自如地划动着他们的小腿，游得非常漂亮。他们全

都下了水，就连那个丑陋的灰色小家伙也跟着他们一起游。

“不，他不是一只火鸡。”鸭妈妈说，“瞧，他的腿划得多灵活，多自如！他是我自己的孩子！其实，如果你仔细看一看，他长得还蛮漂亮呢。嘎！嘎！——跟我来吧，我要带你们到广阔的世界上去，让你们看看那个养鸭场。不过，你们要一步不离地紧跟着我，免得别人踩着你们，另外还得当心猫！”

于是，他们就这样来到了养鸭场。场里喧闹声震天价响，因为有两群鸭子在争一只鳗（mán）鱼头，结果它却被猫抢走了。

“你们瞧，世界就是这个样子！”鸭妈妈说着，蹭了蹭她的嘴巴，因为她也想吃那只鳗鱼头。“现在使用你们的腿吧！”她说，“你们要打起精神。你们如果看见那边那只老母鸭，就得把头低下来，因为她是这里最高贵的人物。她有西班牙血统，因此她长得这么胖。你们看，她的腿上裹着一个红布条。这可是件非常漂亮的东西，也是一只鸭子所能得到的最高荣誉；这意味着人们不愿意失去她，动物和人都认识她。——打起精神来吧！——脚尖不要往里撇（piě）！一只有教养的鸭子走路时脚尖应该向外，就像爸爸妈妈一样；瞧，就像这样！好啦，低下头来，说：‘嘎！’”

他们都照妈妈的话去做了。但是，别的鸭子都站在旁边看他们，并且大声嚷嚷：“瞧！我们这儿又来了一批食客，好像我们的人数还不够多似的。呸！瞧那只小鸭子那副丑样，我们真看不惯他！”——于是，马上有一只鸭子跑过来，在他的脖子上啄了一下。

“饶了他吧！”鸭妈妈说，“他并没有招惹任何人呀！”

“对；不过他长得太大、太特别了，”啄他的那只鸭子说，“因此他必须挨啄！”

“那只鸭妈妈的孩子都很漂亮，”腿上裹着布条

的那只老母鸭说，“他们长得都不错，只有一只例外。他没有孵（fū）好，我真希望他能重新孵一次。”

“这可不行，太太，”鸭妈妈说，“他虽然长得不漂亮，但他性情好，游泳也不比别人差，真的，我甚至还可以说，他比别人游得还好呢。我想，他将来会长得漂亮的，而且随着时间的推移，他也会变得小一点儿。他在蛋壳里躺得太久，因此他的形态有些特别。”于是，她在他的脖子上啄了一下，理了理他的羽毛。“况且他还是一只公鸭子呢，”她说，“因此关系不会很大。我想，他将来会有一身好力气，生活上不会有困难的。”

“其他的小鸭子都很可爱。”那只老母鸭说，“别客气，你们在这儿就像在家里一样；如果你们找到鳗鱼头的话，你们就把它送给我好了。”

于是，他们现在就像在自己家里一样了。

不过，那只最后从蛋壳里爬出来、长得极其丑陋的可怜的小鸭，却处处挨啄、受气、遭愚弄，不仅在鸭群中是这样，即使在鸡群中也是如此。“他确实太大了！”大家都说。那只雄火鸡一生下来脚上就有距，因此他就以为自己是一个皇帝；他把自己吹得像一只鼓满了风的帆船，涨红了脸，咯咯地叫着向他冲去。这只可怜的小鸭不知他该站在何处，该走到哪里。他感到非常悲哀，因为他长得是那样丑陋，成了整个鸭群嘲笑的对象。

这是头一天的情形，以后的日子一天比一天更糟。大家都要把他赶走，就连他的姐妹们也非常厌恶他。他们总是说："但愿猫把你抓去，你这个丑八怪！"于是妈妈也说："我希望你走得远远的！"所有的鸭都啄他，所有的鸡都打他，就连那个喂鸡鸭的小姑娘也用脚踢他。

最后，他只好越过篱笆逃走了；灌木丛里的小鸟儿们惊恐地飞向空中。"这也许是我长得太丑的缘故。"他想。于是他闭起眼睛，继续往前跑，一直跑到野鸭居住的一片大沼泽地里。他在这里躺了整整一夜，因为他非常疲乏和忧伤。

天亮的时候，野鸭都飞起来，打量着他们的新伙伴。"你是谁呀？"他们问。小鸭一会儿面向这边，一会儿面向那边，尽量恭敬地同他们打着招呼。

"你真是丑极了！"野鸭们说，"不过，只要你不同我们家族里的人结婚，这对我们倒也无所谓。"——可怜的小东西！他根本没有想到什么结婚；只要人家准许他躺在芦苇（lú wěi）里，喝点沼泽里的水，他就满足了。

他在那儿整整躺了两天。后来来了两只雁，更确切地说，是两只公雁；他们从蛋壳里爬出来不久，因此他们很顽皮。

"听着，朋友！"他们说，"你这么丑，丑得连我们都要喜欢上你了。你愿意跟我们一起飞走，做一只候鸟吗？离这儿不远还有一块沼泽地，那里有好几只甜美可爱的雁，她们全是小姐，都会说：'嘎！'也许你最终在那儿会找到你的幸福，尽管你长得这么丑！"

噼！啪！突然，他们头顶响起了枪声，那两只野雁掉在芦苇里，死了，水被染得血红。——噼！啪！又是两声枪响，整群的野雁从芦苇里飞起来。然后又是一阵枪声。这是一次大规模的狩猎，猎人们都埋伏在沼泽的周围，有几个人甚至还坐在伸在芦苇上面的树枝上。蓝色的烟雾像云块似的飘进深色的树林，然后又从水面上向远处飘去。有几只猎狗向沼泽地跑来——扑通！扑通！——芦苇向两边倒去。这种事对可怜的小鸭来说，真是太可怕了！他把脑袋弯回去，藏在翅膀下面。但是与此同时，一只大得怕人的猎狗跑过来，紧紧地站在小鸭的身边，伸出长长的舌头，眼睛里闪着凶恶的令人恐惧的光。他把嘴对着小鸭，露出他那尖尖的牙齿——扑通！扑通！他又走了，并没有抓他。

“啊，谢天谢地！”小鸭舒了一口气，“我是这么丑，连猎狗也不愿咬我！”

他静静地躺着，枪弹仍在芦苇中呼啸，枪声一声接着一声。

天色已经很晚了，四周才恢复平静。但是，可怜的小鸭还是不敢站起来；又过了好几个小时，他才向四周望了望，然后尽快地离开了沼泽地。他跑过田野，跑过牧场；由于这时正好刮起一阵狂风，他跑起来非常困难。

傍晚时分，他来到一座简陋（lòu）的农家小屋。它是那样的残破不堪（kān），甚至连它自己也不知道该往哪边倒好，因此它依旧站立着。狂风仍在小鸭周围怒吼，他不得不迎风蹲下来。情况越来越糟。忽然，他发现门的一个铰链被刮断了，门斜挂着，他可以通过一个缝隙钻进屋里，于是他便钻了进去。

屋里住着一个老太婆，同她住在一起的还有一只公猫和一只母鸡。她把这只猫称作“小儿子”。他会拱起背，发出呼噜呼噜的响声；他的身上甚至还能迸出火花，不过要这样做，你必须倒抚他的毛才行。那只母鸡的腿又短又小，因此老太婆叫她“短腿小母鸡”。她下的蛋非常好，所以老太婆就像爱自己的孩子那样喜欢她。

第二天早晨，大家很快就发现了这只陌生的小鸭，于是那只公猫开始发出呼噜呼噜的响声，那只母鸡也咯咯地叫起来。

“这是怎么回事儿？”老太婆说着，向四周望了望。但是她的眼神不好，所以她以为这只小鸭是一只迷了路的肥鸭呢。“这可是少有的运气！”她说，“现在我可以有鸭蛋了。但愿他不是一只公鸭！我们得试一试才行。”

于是，小鸭接受了三个星期的考验，但他一只蛋也没有下。那只公猫是这家的先生，那只母鸡是太太，他们总是说：“我们和这个世界！”因为他们相信，他们自己就是世界的一半，而且还是好的一半。小鸭认为一个人还可以有另外一种意见，但母鸡却忍受不了这一点。

“你会生蛋吗？”她问。

“不会！”

“那么还是请你保持沉默吧！”

公猫说：“你能拱起背，发出呼噜呼噜的响声并能迸出火花吗？”

“不能！”

“那么聪明的人讲话时，你就不用发表意见了！”

于是小鸭坐在角落里，心情非常不好。这时，小屋里进来了新鲜空气和阳光，他的心里顿时产生了去水里游泳的奇怪欲望。后来他实在忍耐不住，就把自己的心事告诉了母鸡。

“你又想起什么啦？”母鸡说，“你没事可干，所以才有这些怪念头！只要你生几颗蛋，或者呼噜呼噜叫几声，这些怪念头就会消失的。”

“可是在水里游泳多痛快呀！”小鸭说，“让水没过你的头顶，往水底一扎，甭提多舒服了！”

“是啊，这真是一种极大的享受！”母鸡说，“我看你是发疯啦！去问问公猫吧——他可是我认识的最聪明的人——你问他是不是喜欢游泳或潜水。我且不说我自己——你还可以问问我们的主人，那个老太婆，世界上没有比她更聪明的人了！你认为她有兴趣去游泳，让水没过自己的头顶吗？”

“你们不理解我！”小鸭说。

“我们不理解你？那还有谁能理解你呢？你总不会比公猫和老太婆更聪明吧——我且不说我自己！孩子，你别自以为了不起，对于你现在所得的好处，你应该感谢上帝才是。你不是已经来到了一间暖和的屋子里吗？你不是已经有了一些朋友，你可以从他们中间学到不少东西

吗？不过你是一个空谈家，跟你在一起真不是一件愉快的事情！请相信我吧，我说这些都是为了你好。我告诉你的虽然都是一些不顺耳的话，但因此你才能看出谁是真正的朋友！请你注意学习怎样生蛋，怎样呼噜呼噜地叫，或者怎样迸出火花吧！”

“我觉得，我还是到广阔的世界上去好！”小鸭说。

“那你就去吧！”母鸡说。

于是小鸭便走了。他在水里游泳、潜水，但是由于他长得太丑，所有的动物都瞧不起他。秋天来了，林中的树叶变成了黄色和棕色，风卷起它们到处飘舞；空中非常寒冷，乌

云低垂，负载着冰雹（báo）和雪花；乌鸦站在篱笆上，冻得“哇！哇！”地直叫。是的，只要你想一想这幅情景，你就觉得浑身发冷了。这只可怜的小鸭真是没有舒服的时候！一天傍晚，太阳已经落山，有一群漂亮的大鸟从灌木丛里飞出来。小鸭从来没有看见过这么漂亮的鸟。它们白得耀眼，脖子又长又柔软——这是一群天鹅。它们发出一种特有的叫声，它们展开美丽的大翅膀，从寒冷的地带飞往温暖的国度，飞向不结冰的湖泊！它们飞得那么高，那么高，丑陋的小鸭禁不住感到了一种说不出的兴奋。他像个车轮似的在水中旋转起来，把脖子高高地伸向他们，发出一声很大的奇异的叫声，这声音大得连他自己都感到害怕。哦！他永远也忘不了这些美丽的幸福的鸟儿！当他看不见他们的时候，他便向水底潜去；然而，当他再冒出水面的时候，他不禁产生了一种茫然的感觉。他不知道这些鸟叫什么名字，也不知道他们飞往何处去；但他喜欢他们，好像他还从未喜欢过什么人似的。他一点儿也不嫉妒他们。他怎么敢希望自己有他们那样美丽呢？只要别的鸭子能容许他同他们生活在一起，他就心满意足了——可怜的丑东西！

冬天天气变冷了，而且越来越冷！小鸭不得不

在水面上游来游去，免得水面完全结冰。但是，他在里面游动的那个冰窟窿（kū long）一天晚上比一天晚上缩小。水冻得很厉害，人们可以听见冰层咔嚓咔嚓的破裂声。小鸭只得不停地划动着双腿，防止冰洞被完全封住。最后，他终于筋疲力尽，一动不动地躺着，同冰冻结在一起。

第二天一大早，一个农夫发现了小鸭。他走过去，用木屐踩碎冰块，把他抱回家送给了他的妻子。小鸭这才又恢复了知觉。

孩子们想跟他玩，可是小鸭却以为他们要伤害他，吓得他一下子跳进了奶锅里，把奶洒得满屋子都是。农夫的妻子拍着巴掌赶他，他又跳进黄油桶里，接着又跳到面缸里，然后再飞出来。这时他的样子才好看呢！农夫的妻子喊叫着，用火钳追着打他，孩子们挤成一堆，要捉住他。他们又是喊，又是笑！——幸亏门开着，他急忙冲出去，钻进灌木丛新下的雪里。他躺在里面，像昏倒了一样。

如果把小鸭在严酷的冬天所遭受的苦难都讲出来，这个故事听起来就太悲惨了。当阳光重又温暖地照耀着大地的时候，小鸭正躺在沼泽地的芦苇丛中。百灵在歌唱，一个美丽的春天来到了！

忽然间，小鸭可以扇动他的翅膀了。它们拍打起来比以前有力得多，一下子就把他托起来飞走了。他还没有反应过来是怎么回事，就已经飞进了一座大花园。花园里丁香树散发着香味，它那长长的绿树枝一直伸进弯弯曲曲的水渠。啊，这儿真是美极了，充满了春天的气息！三只美丽的白天鹅从前面的灌木丛里走过来；他们拍打着翅膀，在水面上游得是那么轻松自如。小鸭认出了这些美丽的动物，同时也感到了一丝奇异的悲哀。

“我要向他们飞去，飞向这些高贵的鸟儿们！也许他们会把我杀死，因为我长得这么丑，居然还敢接近他们。不过这无所谓！被他们杀死，总比受鸭欺侮、挨鸡啄、被喂鸡的小姑娘用脚踢要好得多！”于是他飞到水里，向这些美丽的天鹅游去；他们看见了他，马上竖起羽毛飞快地向他游过来。“你们只管杀死我吧！”可怜的小鸭说着，把头低在水面上，只等一死。但是，你猜他在清澈的水里看到了什么呢？他看见了自己的倒影。不过，那已经远远不是一只粗笨、丑陋而又令人讨厌的深灰色的鸭子了，而是一只天鹅！

只要你是天鹅蛋，就是生在养鸭场里也没有关系！

过去遭受过那么多苦难和烦恼的小鸭感到非常高兴。现在他终于清楚地意识到，美和幸福在向他招手。——那几只大天鹅在他周围游来游去，用嘴巴亲昵地抚摩着他。

花园里来了几个小孩，他们往水里扔面包和麦粒。最小的那个孩子叫道："那儿有一只新天鹅！"其他的孩子也欢呼道："对，是一只新来的天鹅！"于是他们拍着巴掌，欢蹦乱跳地去找他们的爸爸妈妈。他们把更多的面包和糕饼扔进水里；大家都说："那只新来的最漂亮！它是那么年轻、那么美丽！"那几只老天鹅禁不住在他面前低下了头。

他感到非常羞愧，急忙把头藏在翅膀下面；他不知怎么

办才好。他感到太幸福了，但他一点儿也不骄傲！他想道：从前他那样地受人迫害和讥笑，而现在却听大家说，他是美丽的鸟儿中最美的一只。甚至连丁香树也把它那枝头垂到他面前的水里，连阳光也温暖而柔和地照耀着他！他竖起羽毛，伸着细长的脖颈，从内心欢呼道："在我还是丑小鸭的时候，我做梦也没想到我会有这么多的幸福！"

卖火柴的小女孩

天是那样的冷；空中飘着雪花，夜幕已经降临（jiàng lín）。这是这一年最后的一个夜晚——除夕之夜。在这样的寒冷和黑夜中，有一个可怜的小女孩光着头赤着脚走在大街上。她离开家的时候，还穿着一双拖鞋，可是这又有什么用呢！那双拖鞋很大，是她妈妈从前穿过的；当她横穿马路的时候，正好有两辆马车疾驰（jí chí）而过，小女孩为了躲避，连拖鞋也跑掉了。有一只她没有找到，而另一只则被一个男孩捡起来拿跑了；他还说，等将来他有了孩子，他还要用它做摇篮呢。

现在，小女孩只好光着小脚丫走路了；由于天冷，她的脚冻得又青又紫。在她的旧围裙里，她兜了很多火柴，而且她的手里还拿着一束。整整一天，没有任何人向她买过一根火柴，也没有人给过她一个铜板。

可怜的小女孩饥寒交迫，拖着脚步继续往前走，看上去一副凄惨（qī cǎn）悲苦的样子。雪花飘落在她金色的长发上——它卷曲着披在她的肩上，看上去非常美丽，不过她并没有想到自己的漂亮。所有的窗户里都射出明亮的灯光，所有的大街上都散发着烤鹅的香味。今天可是除夕夜呀，小姑娘也想到了这一点。

她在两栋向街心错开的房子所形成的角落里坐下来；她把她的两只小脚也缩在身子下面，不过这样她感到更冷。她

不敢回家去，因为她还没有卖掉一盒火柴，也没有赚（zhuàn）到一个铜板；如果这样回去，她一定会挨父亲的打，而且家里也很冷。他们的头上只有一个破屋顶，刺（cì）骨的寒风可以从那里灌（guàn）进来，虽然最大的缝隙（fèng xì）已经用稻草和破布堵上了。

她的一双小手几乎要冻僵了。唉，哪怕是一根小小的火柴对她也是有好处的！只要敢抽出一根火柴，在墙上一擦，就可以暖暖她的手指！最后，她终于抽出了一根。哧的一声，它冒出了火花，它燃烧起来了！当她把小手放在上面的时候，它变成了一束温暖的、明亮的火焰，就像是一根小小的蜡烛。小姑娘仿佛觉得自己坐在一个包着黄铜护手和黄铜饰片的大铁炉旁，炉里的火苗燃烧得那么美丽、那么温暖！唉，这是怎么回事呢？小姑娘刚把脚抽出来，也想让它们暖一暖——可是火焰却突然熄灭了。火炉消失不见了——她坐在那里，手上拿着一根燃烧过的火柴。

她又擦了一根。火柴燃烧起来，发出光亮。当火光照在墙上的时候，墙变得透明起来，就像一层薄纱（báo shā）；小姑娘可以看到屋里的东西：桌子上铺着洁白的台布，台布上放着精致的瓷盘，盘子里盛满了李子、苹果和冒着热气的烤鹅。更奇妙的是：烤鹅从盘子里跳出来，背上插着刀叉，蹒跚（pán shān）地越过地板，径直朝可怜的小姑娘走来。但这时——火柴熄灭了，她面前只有一道厚厚的、冰冷的墙。

她重又擦了一根火柴。这一次她坐在一棵最最美丽的圣诞树下，它比在圣诞夜她透过玻璃门看到的一个富商家里的那棵还要高大、还要美丽；绿色的树枝上点燃着几千支蜡烛，彩色的图画——跟橱窗里展出的那些一样漂亮——在向她眨眼。小姑娘刚要伸过手去——这时火柴又熄灭了。圣诞树上的烛光越升越高，现在她才看清，那是天上明亮的星星。其中有一颗星星落下来，在天空划出一道长长的光线。

“又有人死了！”小姑娘说，因为她的老奶奶——她是唯一对她好的人，不过现在她早已经死了——曾经说过：“天上落下一颗星星，地上就有一个灵魂升到上帝那儿去！”

她又在墙上擦了一根火柴。火

柴的光照亮了四周。在这光亮中，老奶奶出现了，她显得那么明亮、那么温柔、那么和气。

“老奶奶！”小姑娘喊道，“啊，带我一起走吧！我知道，只要火柴一灭，你就会消失不见了，就像那温暖的炉子、美味的烤鹅和高大而闪闪发亮的圣诞树一样！”

于是她急忙把剩下的那一小束火柴全都擦亮了，因为她非常想把老奶奶留住。这些火柴发出强烈的光芒，照得比白天还亮。老奶奶从未像现在这样美丽、这样高大。她抱起小姑娘，在光明和欢乐中向高处飞去；她们越飞越高，一直飞到没有寒冷、没有饥饿、没有忧愁的地方——她们和上帝待在一起。

在第二天寒冷的早晨，人们发现小姑娘坐在墙角，她的两颊通红，嘴角现出一丝微笑，可是她已经死了——在旧年的除夕夜冻死了。新年的太阳升起来了，照在她小小的尸体上；她坐在那里，手里拿着火柴，其中一小束几乎烧光了。

“她想暖和一下啊！”人们说。谁也不知道，在火柴的光亮中，她曾经看到过多么美丽的东西，曾经同老奶奶怎样走进新年的快乐中去。

以上八篇为仝保民译

穿靴子的猫

一个磨工，死后给三个儿子留下了全部家产：一盘石磨、一头驴和一只猫。儿子们很快地分了家，既没请公证人，也没找律师，否则这点可怜的遗产还真不够打发这些人的。

老大拿走了石磨，老二牵走了驴，剩下给老三的，只能是那只猫了。

小弟弟得到这么一份遗产，难免感到有些凄凉，自言自语道：

“我那两个哥哥一合伙，就能过上像模像样的日子；可我呢，就算能吃顿猫肉，还可拿猫皮做副手笼，往后也就只好等死了。”

猫儿听了这席话——虽说表面上没有听，便郑重而严肃地对他说：

“您别烦恼，我的主人，只要您给我一个口袋，为我做一双靴子，好让我能在荆棘（jīng jí）地走路，那时您会看到，您分得的这份财产，并不像您想象的那么糟糕。”

主人虽不把猫儿的话太当真，可他见识过它逮（dǎi）耗子、抓老鼠时的高超手段——诸如倒挂悬垂（xuán chuí）或藏在面粉里装死之类，心想兴许它真能帮他摆脱贫困呢，所以倒也存着几分希望。

猫儿得到自己所要的东西以后，麻利地穿上了靴子，把口袋挂在脖子上，两只前爪抓住袋口的绳子，朝那野兔成群的育兔林走去。它在口袋里放了一些麸（fū）皮和野莴苣（wō jù），然后躺下装死，专等那些年幼无知，还识不透世间诡计的兔儿们钻进袋里觅（mì）食。

它刚躺下，好事者就上门了：一只冒冒失失的兔子钻进了口袋，猫师爷把绳子一拉，毫不留情地将它抓住勒（lēi）死。

猫儿得意洋洋地扛着战利品去求见国王。走进君主的宫室，它先是深深一躬，接着说道：

“陛下，我奉主人卡拉巴侯爵（这是它信口胡编的名字）之命，将这只野兔敬献大王。”

“告诉你的主人，”国王回答，“我谢谢他，他的礼物我

很喜欢。”

又一天，它藏身在麦子地，照旧敞开脖子上的口袋。待两只山鹑钻进，它抽紧绳索，将它们双双捉住。然后和上次送野兔一样，将山鹑（chún）送给了国王。国王高兴地收下山鹑，还赏给猫儿几文酒钱。

就这样，穿靴子的猫三天两头以主人的名义给国王送去野味，连续送了两三个月。一天，它听说国王要带他的女儿（那可是世上最漂亮的公主呀！）去河边踏青，忙跑到主人面前说：

“您若愿听从我的建议，您的好运就临头了。只要您按我指定的地点下河洗澡，其余的事就看

我的了。”

卡拉巴侯爵（hóu jué）按猫师爷的意思办了，却猜不透其中有什么玄机。正当他在河里洗澡的时候，国王的马车从河边经过，猫师爷突然大叫：“救命！救命呀！卡拉巴侯爵快淹死啦！”国王听见喊声，从车窗探出头来，认出了那只常给他送野味的猫，赶紧命令他的卫队去救卡拉巴侯爵。人们下河救捞它主人的时候，猫儿跑到马车跟前对国王说，它主人在河里洗澡时，来了几个小偷，任它怎样大喊捉贼，还是把主人的衣服给偷走了——其实是这只滑头猫提前把衣服藏在了一块大石头底下。

国王忙命管理服饰的侍从取来一套他自己的衣服，赏赐（shǎng cì）给卡拉巴侯爵，并对侯爵表示百般慰问。猫的主人原本长得一表人才，穿上国王的华丽服装显得益发漂亮，国王的女儿不由得对他产生了好感。待卡拉巴侯爵恭敬（gōng jìng）而温情地瞧了她几眼以后，公主竟疯狂地爱上了他。

国王请侯爵上车，邀他同游。猫儿见自己的计划即将实现，自然满心欢喜，轻快地跑在马车前面。它遇见几个在牧场割草的农民，便对他们说：“割草的好百姓们，倘若你们在国王面前不说这牧场是卡拉巴侯爵的，你们全都得给剁

(duò) 成肉泥。”

国王路过牧场，果然问起这牧场是属于谁的。

“是卡拉巴侯爵的。”割草人齐声回答,因为猫的威胁(wēi xié) 把他们镇住了。

“您这份产业很出色啊！”国王对卡拉巴侯爵说。

“是的,陛下,”侯爵回答,“这片牧场每年的收成都不错。”

猫继续朝前跑，它遇见一些收麦子的农民，又对他们说道：

“割麦子的好百姓们，倘若你们不说这些麦子是卡拉巴侯爵的，你们全都得给剁成肉泥。”

过了片刻，国王从这儿路过，问起眼前这片麦地是谁的。

“是卡拉巴侯爵的。”割麦人回答。

国王又和侯爵一起赞美了这片麦地。

猫儿一直在马车前面跑，无论遇见什么人都说一遍同样的话。致使国王对卡拉巴侯爵拥有的巨大财富惊异不置。

最后，猫儿来到一座漂亮的城堡，城堡主人是个富甲一方的妖魔，刚才国王一路经过的所有地产，都隶属于这座城堡。猫儿事先仔细打探了这妖魔的来历，有何绝招，此时便上前求见，声称既路过该风水宝地，若不拜

见城堡主人，实为大大的失礼。

妖魔按妖魔可能有的礼节接待了它，请它在厅内就座。

“久闻阁(gé)下身手非凡,”猫师爷言道,“能摇身一变，变为各种各样的动物，诸如狮子、大象什么的，这是真的吗？”

“哪能有假！”妖魔吼道，“我这就可以证明给您看——变成一头雄狮。”

猫儿见一头狮子出现在面前，吓得纵身跳上房檐，由于穿着靴子，跳得很吃力，颇有点风险，在屋瓦上走动也不那么方便。

过了一会儿，见妖魔恢复了原形，猫才从房檐跳下，承认自己刚才吓得够呛。

“我还听说——可是我不信，”猫说，“您还能变成最小最小的动物，例如耗子什么的，老实说，我觉得这根本不可能。”

“什么，不可能？我这就让你见识见识。”妖魔说着，立刻变成了一只耗子，正在地板上奔跑。

猫儿一见耗子，马上扑了上去，一口将它吃掉了。

这时候，国王正好路过，瞥见妖魔的漂亮城堡，想要进去瞧瞧。猫儿听见吊桥上的辚辚车马声，忙迎上去对国王说：

“欢迎陛下光临卡拉巴侯爵的城堡！”

“怎么，侯爵先生！”国王惊呼，“这座城堡也是您的？这庭院，这周边的建筑，真是再漂亮也没有了！我们进里面去看看吧！”

侯爵搀（chān）着公主，跟随国王走进大厅，那里已摆了一桌丰盛的酒席——这本是妖魔为约定今天来访的朋友们准备的。这帮朋友听说国王在里面便没敢进来。

国王十分赏识卡拉巴侯爵的人品——已经爱上他的公主更不用说了，加之见他拥有巨大的产业，因此，五六杯酒下肚，便对侯爵说：

“侯爵，您能否成为我的东床快婿，就在您自己一句话了。”

侯爵起身施礼，欣然领受了这份荣幸。当晚，他就和公主成了婚。

从此，猫师爷成了显贵，逮耗子的事嘛，只不过是消遣(xiāo qiǎn)而已。

林中睡美人

从前，有一位国王和一位王后，他们因没有孩子而发愁。唉，简直愁得没法形容！他们遍寻天下所有的养生水；又是许愿，又是进香，又是祈祷，什么办法都使过了，可就是不管用。

终于有一天，王后怀孕了，生下一个女孩。他们为她举办了隆重的洗礼；邀请全国的仙女（共七位）来担任小公主的教母。按当时仙女们的习惯，每位仙女都会送给小公主一种天赋，这样一来，公主可不就十全十美啦！

洗礼仪式完毕，宾客们来到王宫，那儿已设下盛宴准备款待（kuǎn dài）众仙女。人们在每位仙女面前摆放了一套精美的餐具：一只厚重的金盒里，搁着一副纯金打造的刀叉和汤勺，上面还镶（xiāng）有钻石和宝玉。

正当人们入席就座的时候，一位老仙姑闯了进来。这位仙姑之所以没有受到邀请，是由于五十多年来从来没见她走出古塔，人们以为她早已亡故，要不就是中了魔法。

国王忙命人给她送上餐具，却不能像侍奉其他仙女那样，捧出一只同样的金盒。因为金盒是为七位仙女专门订制的。老仙姑认为这是对她的大不敬，心怀怨恨（yuàn hèn）地咕咕哝哝。坐在旁边的一位年轻仙女听见了，料定她会在小公主身上使坏，于是宴席一散她便躲到挂屏背后，打算最后一个出场说话，以尽可能补救老家伙所造成的损害。

仙女们开始给小公主送礼了。最年轻的仙女赠送她美丽，她将成为世上最美的姑娘；第二位仙女赠送她天使般的智慧；第三位赠送她优美的风度、举止；第四位赠送她绝妙的舞姿；第五位赠送她夜莺般动听的歌喉；第六位则使她能完美地演奏各种乐器。轮到老仙姑了，她摇头晃脑——即便上了年纪，也不至于晃得这么厉害——地说：小公主将被纺锤（fǎng chuí）扎破手指而丧生。

这份可怕的礼品一出手，举座皆惊，人人都失声痛哭。这时那年轻仙女便从挂屏后面闪出，高声说道："国王、王后请放心，你们的女儿不会就此丧命；不错，我无力完全推翻前辈的意愿，公主将被纺锤扎破手指，但她不至于死，只会沉沉入睡，一百年后，将有一位王子来把她唤醒。”

为了躲避老仙姑预告的灾难，国王立即诏令天下：严禁以纺锤纺线，亦不许私藏纺锤，违令者斩。

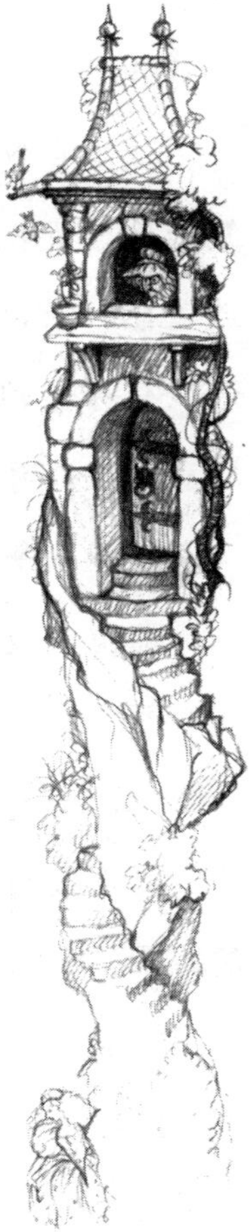

十五年后的一天，国王、王后来到他们的一座行宫。年轻公主在城堡内四处游逛，从一个房间逛到另一个房间，最后登上了城堡主塔的顶层，那儿的一间陋（lòu）室里，一个老妇人正独自在屋里纺线。这位老人家显然没有听说过国王关于不许用纺锤纺线的禁令。

“老妈妈，您在做什么？”公主问道。

“美丽的孩子，我在纺线呢。”老人回答，她从来没见过公主。

“哟，真好玩儿，”公主说，“您是怎么纺的？让我也试试行吗？”

公主的动作太快，又有点冒失，更主要是有那仙姑的谶语（chèn yǔ），她刚拿起纺锤就刺破了手指，随即晕倒在地，昏迷不醒。

善良的老人大惊失色，忙呼救命。人们从四面八方赶来，把水洒在公主脸上，解开她胸衣的系带，拍打她的手，用匈牙利王后花露水擦她的太阳穴，但无论什么办法都不能使公主苏醒过来。

国王在这一片嘈杂声中登上顶楼。他想起仙姑的预言，知道此事无法避免，便命人将公主送进宫中最漂亮的房间，放置在一张金丝银线织就的绣榻上。公主依然美如天使，昏迷没有夺去她鲜艳的气色，她的脸颊红润，嘴唇红如珊瑚；尽管双目紧闭，却能听见她轻柔的呼吸声，说明她并没有去世。

国王下令让公主静静地安睡，等待她苏醒的时刻来临。

那位挽救了公主生命，让她沉睡一百年的仙女，此时正在一万二千法里之外的玛塔干王国，一个穿七里靴（穿上这种靴子，一步就能跨七法里）的小矮人，火速将公主发生意外的消息报告了她。仙女立即启程，乘上一辆由数条巨龙驾辕的漂亮四轮车，一小时后便来到王宫。

国王迎上前，搀扶仙女下车。她赞许国王所做的一切安排；但是，仙女深谋远虑，她想到公主醒来时，发现古堡里只有自己孤零零一个人，肯定十分困惑。于是她手持仙杖，指了指城堡中除国王、王后之外的所有人：宫廷女教师、女伴、女侍、贵族绅士、公职人员、膳（shàn）食总管、厨师、勤杂工、听差、卫士、侍从、跟班，还有马厩（jiù）里所有的马匹和马夫、家禽养殖场的守护犬和公主的小狗布弗——它正趴在床上她的身边。仙女所指之处，所有人、畜立刻入睡，只待女主人苏醒时也同时醒来，以便随时按需要为她服务；甚至炉火以及炉火上串满山鹑和野鸡的烤扦（kǎo qiān）也睡着了。所有这一切都是在瞬间完成的，仙女们做事向来费不了多大工夫。

国王和王后吻别沉睡中的爱女，离开了行宫，并发布禁令，不许任何人走近这座城堡。其实这条禁令有些多余，因为一刻钟之内，园子周围就树木成林、荆棘丛生，枝叶交错，藤蔓缠绕，无论人畜都无法通过；只有城堡的塔尖，还能从远处瞥见。毫无疑问，这又是仙女施展的魔法，为的是让公主在安睡中不致受到好奇者的打搅。

一百年过去了。

一位其他家族的王子来到这一带打猎，他看见耸（sǒng）立在密林之上的塔尖，便打听那是什么地方。人人都按自己听到的传闻做了回答。有的说，那是一座

幽灵（yōu líng）们占据的古堡；有的说，当地全体巫魔都在此举行巫魔夜会。最普遍的说法是，古堡里住着一个吃人妖怪，他把抓到的儿童带到那儿惬（qiè）意地享用，没有人能追踪他，因为除了他，谁也无法穿过这片丛林。

王子不知该相信哪种说法。这时一个老农告诉他："王子殿下，五十多年前，我听父亲说过，这座城堡里住着世上最美的公主，她得在那儿沉睡一百年，等待着一位王子将她唤醒。"

年轻的王子一听这话，顿时热血沸腾，毫不犹疑地相信自己将续完这段佳话。为爱情和荣誉所鼓舞，他决意马上去城堡看个究竟。

王子刚走近丛林，所有的大树、荆棘、灌木都纷纷闪在两旁，让他通过。他见城堡矗立在他行进的大道尽头，便径直走去。令他颇感惊异的是，没有一个随从能随他进来，因为闪开的树木待他通过便立即合拢了。王子继续朝前走：一个满怀爱情的年轻王子永远是无所畏惧的。

他跨进城堡宽敞的前院，眼前的一切起初令他毛骨悚然（sǒng rán）：一片可怕的沉寂，处处呈现死的景象，到处躺卧着人和畜的躯体，都像是已经咽气。但他很快就发现卫兵们的脸色红润，鼻子上还长着疱疹（pào zhěn），原来他们只不过是在酣睡。他们的酒杯里还有残酒，说明他们是在畅饮时睡着的。

王子经过一个大理石铺地的大院，登上楼梯，走进卫戍厅，卫士们荷（hè）枪实弹，队列整齐，但都在呼呼大睡。他穿过好几个房间，里面满是贵人和命妇，站的站，坐的坐，同样在酣（hān）睡。

最后他走进一间金碧辉煌的卧室，看到一幕从未见过的美丽景象：床帏拉开的卧榻上，躺着一位玉洁冰清、光彩照人的

公主，看上去约摸十五六岁。王子倾倒于她的美貌，战战兢兢走到近前，跪倒在她身旁。

此时，魔法解除，公主醒了过来。她以无比温柔的目光——通常初次见面不可能有这样的目光——瞧着王子，说道：

“是您吗，我的王子？您等了很久吧！”

这句话让王子着迷，公主说话的方式更令他如痴如醉，他不知如何表达自己的快乐和感激，只坚称爱她胜过爱自己。他语无伦次，益发讨人欢喜；

他笨嘴拙舌，却情深意长。公主不像他那么窘迫(jiǒng pò)——这不奇怪，她曾有足够的时间考虑该对王子说些什么，在她长长的酣睡中，那好心的仙女显然让她做过不少甜蜜的美梦（虽然故事中什么也没说）。总之他俩倾心相与地交谈了四个小时，可想说的话连一半也没说完。

这时整个宫堡都随着公主苏醒过来；每个人都想起自己的职责。由于并非人人都堕入情网，所以都感到饥肠辘（lù）辘。命妇们也和旁人一样，急不可待地高呼“请公主入席”！

王子搀扶公主起床；她身着锦衣，雍（yōng）容华贵；但王子没有说出口的是：她的服饰有点类似他的祖母，也有一道高高竖起的绉领，当然这丝毫无损于她的美丽。

他们步入挂满镜子的餐厅，由公主的侍从服侍他们用餐。提琴和双簧管奏起古老的乐曲，尽管已经一百年没有演奏，却依然美妙动听。

餐后，人们抓紧时间，由神甫在城堡的小教堂为他们举行了婚礼，宫廷贵妇们为他们拉开了床帏。他们睡得很少，公主尤其不需要多少睡眠。第二天一早，王子就告别公主回到自己的都城，他父亲已经在那儿急得团团转了。

王子告诉父亲，他在森林里打猎迷了路，在烧炭人的茅屋里睡了一夜，烧炭人还请他吃了黑面包和奶酪。父王是个老实人，对他的话深信不疑；而他的母亲却不怎么相信。她见他几乎每天外出打猎，有时一连两三天彻夜不归，还总能找出各样的借口，于是她断定儿子是有情人了。

王子和公主一起生活了两年多，还有了两个孩子：大的是女儿，取名晨曦（chén xī）；小的是儿子，取名阳光，因为他比姐姐还要美。

王后为从儿子口中套出真相，曾多次和他谈及婚姻大事。而王子说什么也不敢向她吐露自己的秘密。尽管他爱妈妈，却又很怕她，因为她属于食人妖一族，当

初国王娶她纯粹是贪图她的财产。宫里的人常私下议论她的妖魔禀性（bǐng xìng），说她只要看见小孩子路过，就忍不住要扑过去。所以王子打算永远不告诉她实情。

两年后，老王驾崩，王子继位。他将自己的婚事诏告天下，并亲率仪仗去古堡迎接妻子——王后。人们在京城举行了隆重的入城式，恭迎王后和她的两个孩子进京。

过了一段时间，国王领兵和邻国的冈塔拉布特皇帝交战，整个夏天他都将留在战场，于是他请太后出任摄政，并将妻儿郑重地托付给母亲照料。

国王一出发，太后立即打发王后和两个孩子住进林中一座乡间小屋，为的是便于满足她可怕的欲望。

几天后，太后来到这儿，对她的膳食总管说：

“明天，我的午膳要吃小晨曦。”

“啊！夫人……”膳食总管惊呼。

“我就是要吃她。”太后说，完全是一副贪馋鲜肉的妖怪腔调，“还要配上罗贝尔浇汁。”

可怜的总管知道妖后的命令难违，只好提刀走进小晨曦的房间。

小晨曦当时刚四岁，见总管进来，便笑着跳着扑进他的怀抱，向他要糖吃。总管泪流满面，手中的刀掉在了地上。

他转身来到饲养场，宰了一只小羊羔。他调制的浇汁是那么鲜美，太后声称自己从来没吃过这样可口的佳肴。

总管把小晨曦带回家，交给他妻子照料，她将孩子藏进饲养场尽里的一所小屋。

过了一星期，凶恶的太后又对总管说：

“我要把小阳光当晚餐。”

总管不和她争辩，拿定主意像上次那样蒙骗她。他去找小阳光，这三岁的小男孩正手持玩具花剑，和一只大马猴玩耍。总管把孩子交给妻子，妻子将小阳光和晨曦藏在一起。总管宰了一只稚嫩的小山羊代替小阳光，妖后吃得舔嘴咋舌，连声叫好。

迄今为止，难关总算顺利度过了。不料一天晚上，那恶太后又对总管说：“这次我要吃王后了，还用同样的浇汁。”

可怜的总管这下没办法骗她了。王后已经过了二十——还不算那沉睡的一百年，尽管皮肤美丽白皙，却已不那么柔嫩，畜圈里哪能找到这么一只肉质相近的动物代替她呢？

为了保住自己的性命，他只好下决心杀死王后。

他狠了狠心，提刀来到年轻王后的房间，想要干脆利落地解决问题。他不愿对她搞突然袭击，便恭恭敬敬地先向她转述太后的旨意。

“您动手吧！”王后朝他伸出脖颈，说道，“执行她给您的命令吧！我这就去和孩子们相会，我心爱的可怜的孩子们！”

自从孩子们被带走，没有人告诉她任何有关他们的消息，她以为他们早已不在人世了。

“不，不，夫人，”可怜的总管深受感动，回答她道，“您不会死，您是要去和您心爱的孩子们团聚，但那是在我家里，我把他们藏在家里了。我会去找一只小牝鹿(pìn lù)代替您，再次骗过太后。”

他立刻把王后带回家，让王后和孩子们尽情哭着抱在一起，自己则去烹（pēng）制牝鹿。老太后晚餐时吃得津津有味，以为咽下肚的是那年轻王后。她对自己的残忍洋洋自得，打算待国王回来，哄骗他说王后和两个孩子都被狼吃了。

一天傍晚，老太后像平日一样在宫堡的大院和饲养场溜达，为的是闻闻生肉的气味。突然，她听见一间矮屋里传出小阳光的哭声和小晨曦在母亲面前帮弟弟求饶的声音，原来是小阳光因淘气受到母亲的责罚。女妖听出王后和她两个孩子的声音，这才知道自己上当受骗，顿时气得七窍生烟。

第二天一早，她以人人听了都会发抖的可怕声音，命人搬来一只大桶放在院子当中，又命人在桶里装了许多癞蛤蟆、蝮蛇、水蛇和蟒蛇，打算把王后、两个孩子、膳食总管和他的妻子以及女仆，统统扔进桶里。她下令将他们反缚（fù）双手，押解（yā jiè）到大桶跟前。

正当刽子手准备动手将他们往桶里扔时，国王突然骑马进了院子，谁也没料到他这么早就回来——原来他是骑驿（yì）站的快马回来的。看到这可怕的场面，国王大吃一惊，忙问是怎么回事？但没有人敢告诉他。女妖见此情景，不禁气急败坏，暴跳如雷，一头扎进木桶，片刻间便被那些毒物吞食了。

国王不免有些悲伤，毕竟这是他的母亲呀！不过，与他美丽的妻子和孩子们在一起，他很快就得到了安慰。

小拇指

从前有个樵（qiáo）夫，他有七个孩子，还都是男孩。老大不过十岁，最小的七岁。大家都奇怪：这么短的时间，怎么会生这么多孩子呢？原来是他老婆特别高产，一胎至少生两个。

樵夫家很穷，七个孩子让父母不堪重负，因为孩子们都还不能自己谋生。尤其让人发愁的是最小的那个，他身体瘦弱，沉默寡言，父母以为他是个傻子——然而寡言少语恰是他智力过人的表现。他极其矮小，刚生下来时不比一根拇指大，大伙于是叫他“小拇指”。

可怜的孩子是家里的受气包，别人出的错总是赖到他头上。其实他是兄弟中最聪明、最有心计的。他说得少，但听得多。

有一年，年景很糟，到处都在闹饥荒（jī huāng），可怜的父母不得不遗弃自己的孩子。

一天晚上，孩子们睡下以后，夫妇俩坐在炉火边，樵夫痛心地对妻子说：

“你也知道，我们养不活孩子们了。我不能眼看着他们饿死在我面前，明天我打算把他们带到森林里扔掉。这事很容易，趁他们在那儿捆柴火玩的时候，我们悄悄溜走就行了。”

“啊！”妻子嚷道，“你能狠心扔掉自己的骨肉吗？”

丈夫一再陈明家中的困境，妻子就是听不进去，她尽管贫穷，可毕竟是孩子们的母亲呀！然而，眼见孩子们即将活活饿死，这又是何等撕心裂肺的痛苦！思虑再三，她终于接受了丈夫的安排，边哭边去睡觉了。

爸爸妈妈的谈话全被小拇指听见了。他在床上听他们谈起这事，便悄悄起身钻到爸爸的凳子底下，听清了全部谈话内容却没被发现。他重新在床上躺下以后，一整夜都没有合眼，心中盘算着该怎样应付。

第二天一大早，小拇指去河边捡了许多白卵石装在衣袋里，然后回家。

一家人出了门。小拇指听到的那件事，他一句

也没向哥哥们透露。

他们走进一座茂密的树林，在这儿，相距十步开外就彼此瞧不见踪影。樵夫开始伐木，孩子们捡拾树枝，扎成柴捆。小家伙们正忙着干活时，爸爸妈妈神不知鬼不觉地离开他们，沿着一条曲曲弯弯的小径，一溜烟地逃走了。

孩子们发现爸爸妈妈不见了，立刻大哭大喊起来。小拇指任他们哭喊，一点也不着急，因为他来的时候沿途撒下了白色小卵石，很清楚该从哪条路回家。他对哥哥们说：

“哥哥们，别害怕，爸爸妈妈扔下了我们，可是我能领你们回家，你们跟着我走就行了。”

哥哥们跟在弟弟后面，小拇指把他们从原路一直领到自家门口。一开始他们不敢进去，只贴在门背后听爸爸妈妈说些什么。

樵夫和妻子到家的时候，适逢庄主老爷命人送来十个银币——那是他早该付的柴薪钱，拖了那么长时间，他们几乎已不敢再作指望了。这笔钱总算让他们又有了生路，因为他们几乎快饿死了。樵夫立刻打发妻子去肉铺，她已经很久没有尝到肉的滋味，一口气买了足够六个人饱餐一顿的肉回家。

夫妇俩吃饱后，樵夫妻子开始唠叨：

“唉，可怜的孩子们，这会儿你们在哪儿呢？你们若在家，就能吃上这顿好饭菜了。威廉，这事都怪你，是你要把他们扔掉的。我早说过我们总有一天会后悔。他们这会儿在森林里不知怎样了，唉，上帝呀！他们会不会已经被狼吃掉了呢？你这个没心肝的家伙，居然就这样抛弃自己的孩子！……”

妻子喋喋不休地唠叨个没完，反反复复说自己多么有先见之明，早就预见到总有后悔的一天等等。樵夫终于不耐烦了，威胁她说：你再不住嘴，我就揍你了！这倒不是因为父亲不像母亲那么伤心，而是妻子吵得丈夫头疼，他和许多别的男人一样，喜欢老婆说有见识的话，但事情若真的被老婆不幸而言中，他就该不高兴了。

樵夫妻子大哭起来，喊道：“唉！我可怜的孩子们

哪，你们现在在哪儿呢？”有一次她喊声那么大，让门外的孩子们听见了，于是他们齐声高喊：“我们在这儿呢！我们在这儿呢！”

母亲急忙跑去开门，一把将儿子们揽入怀中，说道：

“我亲爱的孩子们，重新见到你们真是太高兴了！你们一定很累很饿了吧！喔，皮埃罗，瞧你身上弄得多脏，快过来，我给你洗洗！”皮埃罗是她的长子，所有的孩子当中，她最疼他，因为这孩子的头发和她一样，是红棕色的。

孩子们在桌前坐下，开始狼吞虎咽起来，一面七嘴八舌地向父母讲述在森林里如何如何害怕。爸爸妈妈见他们吃得那么香，也满心欢喜。可怜的父母和自己的亲骨肉重新团聚，自然非常快乐，只要那十个埃居还没花完，这快乐便能延续下去。

但这点钱还是花光了，夫妇俩重又陷于从前的焦虑之中，终于再次决定遗弃孩子。为了不让计划落空，他们打算把孩子们领到比上次更远的森林地带。尽管樵夫和妻子商议这事时极其隐秘，还是让小拇指知道了。他打算仍像上次那样应对：起个大早去捡卵石。不幸这次他没能如愿，因为大门被锁上了。他正一筹莫展的时候，妈妈分给每个孩子一块面包当午餐。小拇指想，既然没有石子，沿路撒些面包屑（xiè）也是个办法，于是把面包藏进了衣袋。

爸爸妈妈把他们带到林中树叶最茂密、光线最昏暗的地方，随即把孩子们扔下，遁入一条小岔（chà）道跑掉了。

小拇指并不怎么着急，他以为沿途撒下的面包屑会帮他们找到回家的路。不料鸟儿们把面包屑全吃掉了，一丁点也没有留在地上。

孩子们伤心透了，他们越走越分不清东南西北，越走越陷入密林深处。夜降临了，刮起了令人毛骨悚然的大风。他们觉得四周全是狼嗥（láng háo），仿佛狼群马上就要扑过来吞食他们。他们几乎不敢说话，也不敢回头。接着下起了瓢（piáo）泼大雨，冰凉的雨水似乎渗入了骨髓（suǐ）。他们每走一步都要滑倒在烂泥里，爬起来时已满身泥污，连双手都不知该往哪儿搁。

小拇指爬上一棵大树，想瞧瞧周边的情况。他转着脑袋看了一圈，发现远处闪烁着一点烛火般的微光；但是从树上下来又什么都看不见，让小拇指好生懊恼（ào nǎo）。不过，他和哥哥们朝有光的方向走了一段时间以后，居然走出了树林（当然，路上没少受惊吓，因为每次走

进一片洼地，眼前便一片漆黑），来到一所有烛光的房子面前。

孩子们敲了敲门，一个很和气的女人打开门，问他们有什么事。小拇指说，他们是一群在森林里迷了路的可怜孩子，求她发发善心让他们借宿一晚。女人见孩子们一个个都那么可爱，不禁落下泪来：

"唉，可怜的孩子们，你们知道这是什么地方吗？这是专吃小孩的妖怪家呀！"

"啊呀！大妈，"小拇指说着，像哥哥们一样吓得浑身发抖，"那我们怎么办呢？如果您不让我们在您家过夜，森林里的狼今晚肯定会吃掉我们。既然如此，还不如让大伯吃掉呢。再说了，倘若您为我们求求情，说不定他会饶过我们呢！"

妖怪的女人心想，不妨瞒着丈夫把他们藏到明天清晨，于是让孩子们进屋，将他们领到炉边取暖，炉灶上正烤着一只全羊，这是为妖怪准备的晚餐。

孩子们刚坐下烤火，就听见几记重重的捶门声，原来是妖怪回来了。女人忙把孩子们藏在床底下，然后去开门。

妖怪张口就问晚饭做好了没有，酒备下没有，随即坐下大嚼。那羊肉还带着血，像是很合他的口味。他转着脖子东嗅西闻，说是闻见了生肉味。

“你大概闻到我刚收拾好的牛肉味了。”妻子说。

“我再说一遍，”妖怪斜睨着妻子说，“我闻见的是生肉味，你肯定瞒着我在这儿藏着什么东西了。”

说着，他站起身，径直走到床前。

“好哇！该死的婆娘，你竟敢骗我！”妖怪嚷道，“天知道我怎么没把你也吃掉，好你个老畜生！啊哈，这批野味来得倒正是时候，正好可以款待这几天要来探望我的三个朋友。”

他把孩子们挨个从床底下揪了出来，可怜的孩子们跪下求饶。可他们面对的是妖怪中最残忍的一个，此妖根本没有怜悯之心，他眼露凶光，恨不得把孩子们一口吞下。他告诉妻子，配上些好调料，这便是上好的佳肴了。

妖怪一手持刀，另一只手拿来一块磨刀石，走到孩子们身边，霍霍地磨起刀来。见他已抓住一个孩子，女人忙说：“这么着急干吗？等明天早晨再做不

行吗？”

“少废话，”妖怪说，“这些娃娃更好吃。”妖怪说。

“可你还有那么多肉没吃完呢，”女人说，“瞧，这儿是一头小牛，两只羊，还有半只猪。”

“这倒也是！”妖怪说，“给他们吃点东西，别让他们饿瘦了，然后带他们去睡觉。”

好心的女人自是欢喜，给孩子们拿来许多吃的东西。可是小家伙们吓得胆战心惊，什么也吃不下。

妖怪重新坐下喝酒，想到有那么美味的佳肴招待朋友，心中格外快活，比平时又多喝了十几杯，喝得酒上了头，只好睡觉去了。

妖怪有七个女儿，都还是孩子。这些小妖和她们的父亲一样嗜（shì）食生肉，所以脸色极佳，只是全都长着圆溜溜的小灰眼、钩（gōu）鼻子和大嘴巴，龇（zī）着长而稀疏的大尖牙。她们现在还不算太恶，但发展下去很可怕，因为她们已经咬啮（niè）过一些小娃娃，嘬（zuō）饮他们的鲜血。

她们早早就给打发去睡觉了，七个人睡在一张大床上，每人头上戴一顶金冠。房间里还有一张同样大小的床，妖怪的妻子把七个小男孩安置在这张空床上。然后回到丈夫屋里睡觉。

小拇指一直担心妖怪会后悔没有当晚把他们杀死，见妖怪的女儿头上都戴着金冠，便在半夜悄悄起身，摘下他和哥哥们的小帽，轻轻戴到七个小妖头上；又把从小妖们头上摘下的金冠，戴在自己和哥哥们的头上。为的是让妖怪把他们错当自己的女儿；把女儿当成要斩杀的男孩们。

果不出他所料：妖怪半夜醒来，后悔把头天要办的事推迟到第二天，立即从床上跳下，提起大刀，嘴里念叨着："去瞧瞧这些小家伙怎样了，这次可不能放过他们！"

他上楼摸进女儿的房间，走到男孩们的床前，除了小拇指，别的孩子都睡着了。妖怪从哥哥们的脑袋摸到小拇指的脑袋，把小不点儿吓得魂不附体。妖怪的手碰到了金冠，惊道："哎呀！我差点闯下大祸，看来昨晚我真的喝多了。"

接着他走近女儿们的床铺，摸到了男孩们的便帽，说道："哦，咱们的鲜货在这儿呢！动手吧！"说完，手起刀落，一连杀死了七个女儿，然后心满意足地回房间睡觉去了。

小拇指一听妖怪打起了呼噜，马上叫醒哥哥们，要他们快穿上衣服随他逃走。他们蹑（niè）手蹑脚

溜进花园，翻过围墙，向外逃去。他们提心吊胆地几乎跑了一整夜，也不知跑到哪儿了。

妖怪睡醒后，吩咐妻子道："上去把昨晚那些小家伙收拾收拾。"妻子以为丈夫叫她去给孩子们穿衣，心里直奇怪这妖怪何以变得如此善良了。

走到楼上，她惊骇地发现七个女儿都躺在血泊里，顿时晕了过去（遇到这种情况，几乎所有女人的第一反应都是这样）。

妖怪想到给老婆安排的活儿够重的，一时半会儿恐怕完不了，便上楼给她帮忙。见此情景，同样惊呆了。

"啊！这是我干的事吗？"他大叫，"这帮坏蛋！我要你们偿命，马上就去找你们偿命！"他拿起一罐水泼在妻子脸上，使她清醒过来。接着下令：

"快把我的七里靴拿来，我这就去抓他们。"

妖怪上了路，朝各个不同方向追了好一阵以后，终于走上孩子们走的那条路。可怜的孩子们只差一百多步就能到家了。他们眼见妖怪轻而易举地翻越一座座山，像跨过小溪般跨过大河。小拇指发现他们附近有一个岩洞，忙叫六个哥哥藏进去，自己则潜伏在洞口，观察妖怪的动静。

妖怪跑了许多冤枉路，觉得很累（穿七里靴走路是很累人的)，想要休息一下。他恰好坐在孩子们藏身的那块大岩石上。因为实在太累，他不一会儿就睡着了。雷鸣般的鼾声吓得孩子们直哆嗦，与妖怪提刀要杀他们时同样害怕。

小拇指比较冷静，他叫哥哥们趁妖怪睡熟赶快逃回家，用不着为他担心。哥哥们听从他的意见，很快回到了家里。小拇指走到妖怪跟前，轻轻脱下他的靴子，穿在自己脚上。靴子本来又大又肥，但小拇指穿上后立刻变得不大不小，像定做的一样。原来这是一双魔靴，能按脚的尺寸变大或缩小。

小拇指登上七里靴，一口气跑到妖怪家，妖怪的妻子正在被杀的七个女儿身边哭泣。

“您的丈夫遇上危险了，”小拇指对她说，“他被一伙强盗抓住，如果不把自己的全部金银财宝交给强盗，他们就会杀了他。正当他们把刀搁在他脖子上时，他瞥见了我，于是请我上您这儿告急，要您把家里的财宝统统交给我，否则强盗会毫不留情地杀死他。事情紧急，他让我穿上他的七里靴赶来，这样不但可以跑得快，还可让您相信我不是骗子。”

好心的女人吓坏了，立刻将家中所有的财宝都交给他，因为妖怪虽然吃小孩，对她来说却算得上是个好丈夫。

小拇指带着妖怪的财宝回到父母家，受到全家欢天喜地的接待。

许多人不同意这故事的结尾，认为小拇指绝对不会盗取妖怪的财物,也没想占有妖怪的七里靴(这样做不符合道德原则)，而只是用它来追上哥哥们而已。他们坚信应从好的角度理解小拇指，同时又希望樵夫家里有吃有喝。于是他们主张小拇指穿上妖怪的七里靴后，直奔王宫而去，因为朝廷正在为二百法里之外的一支军队担心——赢（yíng）得此次战役胜利的重任就交由这支军队承担。他们说：小拇指去面见国王，声称只要圣上需要，他当天就能把前线的消息捎回来。国王表示，若真能做到，将赐（cì）给他一大笔酬（chóu）金。

刚到傍晚，小拇指就带回了信息。这头一次出勤就让他出了名，从此他想挣多少钱就能挣多少。国王为及时向大军下达命令，给他的报酬十分优厚；众多贵妇为得到情人的消息，对他从不讨价还价，这是他主要的财源。还有一些女人托他给丈夫捎信，不过酬金菲薄（fěi bó）——这方面的收入如此微不足道，他简直不屑于计算在收入项下。

担任了一段时间的信使，他积攒（jī zǎn）了大量财富，然后回到父母家。家人重新与他团聚时有多快乐，根本无法想象。他让全家生活富裕，为父亲和哥哥们买下新设的职衔(zhí xián)，使他们从此不愁生计，也把自己的生活安排得应有尽有。

美女与怪兽

从前有个富有的商人。他有六个孩子：三个男孩，三个女孩。由于这个商人十分有头脑，他为了子女的教育从不吝惜（lìn xī）钱财，为他们请了各种各样的老师。

他的女儿们都十分漂亮，尤其那最小的。从小她就被称为“美女”，这名字一直保留下来，两个姐姐因此格外嫉妒（jí dù）她。

小妹妹不仅比两个姐姐漂亮，还比她们善良。两个大的因为有钱，非常骄傲，常端出贵妇人的架子，不愿接待其他商人的女儿来访，只愿让门第高贵者与她们做伴。她们每天去参加舞会、听歌剧、散步，还要嘲笑小妹妹，因为她每天都花许多时间读一些好书。

由于知道这些姑娘有钱，好几个大商人都向她们求婚。

两个大的宣称，除非她们找到公爵（jué），或至少遇上伯爵，否则她们永不结婚。美女（我已告诉你们，这是最小的女儿的名字）诚恳地感谢想要娶她的人，但告诉他们，她太年轻，希望在父亲身边再待几年。

突然，商人破了产，只剩下一所远离城市的乡间小屋。他哭着告诉孩子们，必须搬到这所小屋去住，为了维持生活，还得像农民那样干活。两个姐姐回答，她们不愿离开城市，虽然她们已不再有财产，但有好几个情人会很乐意娶她们。两位天真的小姐打错了算盘，她们成了穷人以后，情人们便看都不看她们一眼了。没有人喜欢她们的骄傲，人们说："她们不值得怜惜，看见她们的傲气给打下去，我们只会高兴。让她们下乡放羊时摆贵妇人的臭架子吧！"

但同时，所有的人都说："至于美女，我们都同情她的不幸遭遇；这是个多好的姑娘！她那么温柔，那么贤惠（xián huì），对穷人讲话那么和善！"甚至有好几个绅士想要娶她，尽管她一文钱也没有。不过她告诉他们，她下不了决心在她爸爸倒霉时抛弃（pāo qì）他，她将跟随他到乡下，帮助他干活，支持他渡过难关。

美女为家庭丢失财产十分难过，但她告诫自己："淌

眼泪不能找回财产，没有钱也应当高高兴兴地生活。”

他们到乡间小屋以后，商人和他的三个儿子忙于农活。美女每天早晨四点起床，打扫庭院，学着为全家做饭。一开始她遇到许多困难，因她不习惯像女用人那样工作；但两个月后她就很能干了，劳累只能使她身体更好。她干完活，就读书、弹琴，或者一面纺纱一面唱歌。她的两个姐姐相反，厌倦（yàn juàn）得要死。她们上午十点钟才起床，整天到处游逛（guàng），以研究自己的漂亮衣衫和姐妹作为消遣（qiǎn）。

“瞧瞧我们的妹妹，”她们私下说，“她的心灵如此低贱（jiàn）、平庸（yōng），居然满足于这种不幸的生活。”

好商人并不像他女儿那么想，他知道美女在姐妹们中是最出色的。他赞赏小女儿的情操，尤其是她的耐性。因为她的两个姐姐不仅把所有的家务活都推给她，还经常辱骂她。

这家人在孤寂中生活了约一年，商人收到了一封信；通知他一船货物已经运到。这消息让两个大女儿想到终于可以离开这个无聊的乡村，她们不禁乐昏了头；到父亲快动身的时候，她们求他为她们带回连衣裙、毛皮领、帽子和种种小玩意。美女没有要任何东西，她私下想，一船货物卖得的钱，可能还不够买姐姐们想要的东西呢！

“你不想要我为你买点什么吗？”爸爸问她。

“既然您好心想到我，”她回答，“我就请您带回一枝玫瑰花，因为此地没有卖的。”并不是美女真的想要一枝玫瑰花，但她不愿以自己为榜样批评两个姐姐的行为。她们会说她不要任何东西是为了突出自己。

商人动身了。但他到达以后，人们为这船货物和他打了一场官司，他费尽周折，最后回来时还是和当初一样穷。

他只差三十里路就到家了，想到重见孩子们的快乐，商人的心里特别滋润（zī rùn）。但回家以前必须穿过一个大森林，他不幸迷了路。大雪纷飞，风刮得很猛，

他两次从马上摔下来。夜降临了，他心想自己不是饿死就得冻死，要不就得被周围嗥（háo）叫着的狼群吃掉。

突然，在一道狭长小路的尽头，他看见一片亮光，似乎很远。他朝那边走去，发现亮光来自一座金碧辉煌的宫殿。商人感谢神明的帮助，便快步走向殿堂。奇怪的是，他在庭院里没有遇见一个人。随他走进城堡的马儿看见一个敞开的大马厩，里面有许多草料和燕麦，忙闯了进去大嚼起来，可怜它已经饿得够呛（qiàng）了。商人把它拴在马厩里，走进宫殿，同样空无一人。他走进一个大厅，里面生有暖暖的炉火，还有一桌丰富的饭菜，只放了一副刀叉。

雨雪已将他全身淋透，他走近炉火，烤起火来，自言自语道："房子的主人和他的仆人会原谅我的自由行动，过一会他们就会回来了。"

他等了他们好一会儿，十一点钟敲过了，还是没看见任何人回来。他饿得受不了，拿起一只烧鸡，哆哆嗦嗦、三口两口地吃掉了。他又喝了一点酒，胆子大了些，他走出大厅，穿过好几个陈设华丽的大套间。终于找到一间铺有漂亮床铺的卧室；钟敲十二点，他已经很疲劳，便关上房门睡觉了。

第二天上午十点他才醒来，惊讶地发现自己的破衣烂衫不见了，一套整洁的服装放在原来的位置上。“显然，”他自言自语，“这宫殿属于某个同情我的好心仙女。”他从窗口望出去，雪已停了，花廊（láng）的花正争芳斗艳。

他走进昨晚吃饭的大厅，看见小桌上放着咖啡。“谢谢您，仙女，”他高声说，“您又好心为我准备了早饭。”

好好先生喝完了咖啡，走出门寻找他的马。经过玫瑰花廊的时候，他想起了小女儿的嘱托（zhǔ tuō），便伸手折了一枝，上面开着好几朵花。这时，他听见一声巨响，看见一头可怕的怪兽朝他走来，吓得他几乎晕过去。

“您这个忘恩负义的人，”怪兽以可怕的声音说，“我救了您的性命，在我的城堡里接待您，您却偷走我最心爱的玫瑰花。您必须以死来补赎（shú）罪过；现在我给您一刻钟时间，

您向上帝祈祷吧。”

商人双膝跪倒在地，合掌向怪兽哀求：“老爷，对不起，我真没想到为我的女儿折一枝玫瑰花会触犯（chù fàn）您。”

“我不是什么老爷，”怪兽回答，“而是怪兽。我不喜欢恭维（gōng wéi），怎么想就怎么说。您别指望用阿谀奉承（ē yú fèng chéng）来感动我。既然您有女儿，我可以饶恕（ráo shù）您，条件是您的一个女儿必须自愿来替您死。您走吧，如果您的女儿都不愿替您死，三个月以后您必须回来。”

老好人不打算为这丑恶的怪物牺牲任何一个女儿，但他想：“至少我可以享受再拥抱她们一次的快乐。”他向怪兽保证还将回来，怪兽告诉他随时可以离开。“但是，我不愿意你空手回去。回到你睡觉的房间去吧，你会在那儿找到一个空着的大箱子，你可以在那里面放进你喜欢的一切，我会派人把箱子送到你家里。”怪兽说完就走了。商人心想：“如果我必须死去，能够为孩子们留下点面包钱，我也多少得到些安慰。”

他转回昨晚睡觉的房间，找到许多金币，装满了怪兽所说的那只大箱子。关上箱子后，他在马厩里找出自己的马骑上，怀着与进来时的欢快心情正好相反的悲哀心绪走出宫殿。他的马选中了森林中的一条小道，很快就回到了自己的小屋。

孩子们围在他身旁，商人却对他们的热忱无动于衷，瞅着瞅着竟哭了起来。他拿着那枝玫瑰递给美女，对她说：“美女，收下这枝玫瑰吧，你可怜的父亲为它付出了昂贵（áng guì）的代价。”接着,向全家讲述了他的不幸遭遇。

两个姐姐听了叙述立刻尖叫起来，大骂美女，美女却没有哭。“瞧瞧这小东西的骄傲闹出了什么事。”她们说，“她为什么不像我们一样要件衣服？不，她想突出自己。她想害死爸爸，却不掉一滴眼泪。”

“哭有什么用？”美女说，“为什么我要父亲去死？他不会死的。既然怪兽愿意接纳他的一个女儿，我情愿自己去平息它的暴怒。既然我能以死来拯救父亲，以此向他证明我的爱，我会感到幸福的。”

“不，妹妹，”三个哥哥对她说，“你不应该去送死。我们会去寻找这个怪物，如果不能杀死它，宁愿死在它的魔爪下。”

“别作这样的指望，孩子们，”商人说，“怪兽力大无穷，要杀死它是不可能的。美女的好心已使我得到不少安慰，但我不愿让她去送死。我已经老了，没有几天好活了。我不过是少活几年，只是遗憾以后见不到你们了，亲爱的孩子们！”

“我向您保证，亲爱的爸爸，”美女对他说，“您不会撇下我去这座宫殿，您不能阻止我去救您。虽然我年轻，可我不那么留恋生命，我宁愿被怪兽吃掉，也不愿因失去您而悲伤至死。”

不管家人说什么，美女坚持要去那座漂亮的宫殿。她的两个姐姐其实很高兴，因为她们嫉妒妹妹的德行。

商人想到要失去自己的女儿，十分伤心，早忘了那只装满金币的箱子。他走进卧室准备就寝（qǐn）时，惊奇地发现箱子已放在卧室了。他决定不向孩子们提及他们已经变富，因为他的两个大女儿会想返回城里，而他只想老死乡间。他将秘密告诉了美女，听说他不在时来过几个绅（shēn）士，有两个爱上了她姐姐。她请求父亲让她俩嫁给绅士，因为她是如此善良，真心诚意地爱着她们，原谅了她们给她造成的痛苦。

美女要和父亲动身了，两个坏姐姐拿葱揉了揉眼睛，装出哭的样子；但她们的哥哥和父亲一样哭得非常伤心，只有美女不哭，因她不愿给他们增加痛苦。

马儿登上了去宫殿的道路，当晚就看见它如头一次一样灯火辉煌。马儿给牵到马厩，商人和女儿走进大厅，一桌丰盛的饭菜和两副餐具等待着他们。商人无心吃饭，美女却努力做出平静的样子，坐到桌旁用餐。她想：“野兽在吃掉我之前给我吃这么好，莫非是希望我长胖一点。”

他们刚吃完饭，就听见一声巨响，商人哭着向女儿道别，他知道这是怪兽的声音。美女看见怪兽的可怕样子不禁发起抖来，但她尽可能保持镇定。怪兽问她是否甘心来到这儿，美女哆嗦(duō suo)着回答是的。“您很善良，”怪兽对商人说，“我感谢您。好心人，明早您就走吧，不要再回到这儿来。”

“再见，怪兽！”美女说，随即那怪兽也抽身离开了。

“啊！我的女儿，”商人拥抱着女儿说，“我已经吓得半死。听我的话，还是让我留下吧。”

“不，爸爸，”美女坚定地对他说，“您明天早晨就回家，把我留给老天爷照顾，也许他会怜悯（lián mǐn）我的。”

睡觉的时间到了，本以为整晚都不能合眼，谁知一倒床就睡着了。睡梦中，她看见一位夫人对她说：“我很高兴您有这样的善心，美女。您献出生命来救助父亲的善行不会得不到报偿（cháng）。”

美女惊醒了，把梦讲给父亲听，使他安心了许多，但他离开亲爱的女儿时，仍忍不住大放悲声。

他离去以后，美女坐在大厅里哭了起来。但她十分勇敢，决心将生命置之度外，在剩下的些微时间里好好活着。她相信怪兽晚上才会来吃她，于是她利用这段等待的时间到处游逛，参观这座美丽的城堡。

她情不自禁地欣赏着城堡的美丽，惊异地发现一扇门上写着：**美女的住宅**。她忙打开这扇门，看见里面都是耀眼的陈设，尤其是一个大书柜，一个羽管键琴和好几份乐谱。“人家怕我无聊呢。”她低声说道。接着她又想：“如果我在这儿只住一天，它就不会为我准备这么多东西了。”想到这里，她不禁勇气倍增。

她打开书柜，看见一本书上烫（tàng）着金字：您想要什么就拿什么，随心所欲地支配一切吧。您是这里的女主人！

“唉！”她叹了口气说道，“我什么也不想要，只想看看我可怜的父亲，知道他现在正在做什么。”

说来奇怪，正在她自言自语时，她从一面大镜子里看到了她的家。她父亲愁容满面地回到家里，两个姐姐一脸怪相地迎上前来，假装为失去妹妹而伤心，实际上掩饰不住内心的高兴。一会儿以后，这些景象都消失了。

美女不禁想道，怪兽对她是怀有好意的，她在这儿不用害怕什么。

中午时分，她找见了精美的饭桌；吃饭的时候，她听到了悠扬的乐曲声，虽然没见到任何人。

晚上，她正要上桌时，听见了怪兽的叫声，不禁发起抖来。“美女，”怪兽说，“您愿意我看着您吃饭吗？”

“您是主人呀。”美女颤抖着回答。

“不，”怪兽回答，“这儿您才是唯一的女主人。假使我让您讨厌，您只需下令我离开，我马上就出去。告诉我，您是否觉得我很丑？”

“这是真的，”美女说，“因为我不会说谎，但我相信您有一颗善良的心。”

“您说得对，”怪兽说，“除了丑以外，我还不聪明，我知道我只是一头野兽。”

“一个人觉得自己不聪明的时候，”美女说，“他

就不算愚蠢了：一个傻瓜是不会觉得自己笨的。”

“吃饭吧，美女。”怪兽说，“这里是您的家，但愿您不至于不自在。如果您在这里不开心，我会感到十分难过。”

“您的心真好，”美女说，“我承认您的善良使我很高兴。想到这一点，您就显得不那么丑了。”

“啊！小姐，”怪兽说，“尽管我心地善良，但我还是一头怪兽。”

“有很多人比您更丑陋，”美女说，“我宁愿喜欢您的外表，也不喜欢长着人脸，内心却藏着虚伪(xū wěi)、腐败(fǔ bài)和忘恩负义的人。”

“如果我有足够的聪明，”怪兽又说，“我会说一大套好听的话来奉承您，但我只是一个笨蛋，我能告诉您的，只是十分感谢您。”

美女吃得很香。她几乎不再怕怪兽了。可是当他对她说下面这番话时，她还是吓得要死：“美女，您愿意嫁给我吗？”她半晌（shǎng）答不上话来：她害怕拒绝会挑起野兽的怒气，但她还是颤抖（chàn dǒu）着回答：“不，怪兽。”

可怜的怪兽听了这声回答，长叹了一声，发出可怕的声响，把整个宫殿都震动了。怪兽不久就平静下来：“那么，再见吧，美女。”怪兽悲哀地说，随即转身离开房间，还不时回头望望她。

美女见剩下自己一个人了，不由得对怪兽十分同情起来。“唉！”她说，“真遗憾它长得那么难看，可它的心又那么好。”

她在宫殿里平静地住了三个月。每天晚上怪兽都来拜访她，晚饭时他总是头脑清晰地和她谈话，但从来没有上流社会所谓的机灵。

美女每天都在怪兽身上发现新的优点。经常看见它，使她习惯了它的丑陋，它来看她时，她非但一点不害怕，还常常看表是否快到九点钟，因为怪兽总是这个时辰来看她。

只有一件事常令美女感到尴尬（gān gà），即怪兽去睡觉前，总要问她是否愿意嫁给它，当她回答它“不”的时候，它总是十分难过。有一天她对它说：“怪兽，您让我很难过。您希望我愿意嫁给您，但我不能不坦率地承认，要等来这一天是不可能的。我永远只能是您的朋友，努力满足于这一点吧。”

“应当如此，”怪兽说，“我应当实事求是，我长得实在可怕；但我非常爱您，只要您待在这儿，我就十分快乐。答应我，您永远不离开我。”

美女听了这话不禁脸红了。她从镜子里看到，

她的父亲因为失去她而悲伤得生了病，她希望再次看见他。“也许我可以答应永远不离开您，”美女对怪兽说，“但我那么渴望重新见到父亲，如果您拒绝（jù jué）给我这份快乐，我会愁闷（chóu mèn）得死去。”

“我宁肯自己死，”怪兽说，“也比让您愁闷要强；明天我就派人把您送到您父亲那儿，您尽管留在他身边，可怜的怪兽将痛苦地死去。”

“不，”美女哭着说，“我那么喜欢您，绝不愿让您死。我答应您一周后回来。您让我从镜子里看到，姐姐们已经出嫁，哥哥们都已参军，爸爸一人在家，您就答应我在他身边待一星期吧！”

“您明天早上就可以去他那儿，”怪兽说，“但别忘了您的诺(nuò)言。在您想回来时，只需把戒指放在床头就行了。”

怪兽说完这几句话，习惯性地长叹了一声，美女因引起它伤心而难过，闷闷不乐地睡了。

美女早上醒过来时，已经在她爸爸的房子里。摇了摇床边的铃，女用人跑了进来，一见她就大声叫唤。老好人听见叫声赶快跑了过来，看见亲爱的女儿差点没乐死，他俩拥抱了不止一刻钟。

美女在最初的激动过后，想到起床后还没有合适的衣服。但女用人告诉她，刚才在隔壁房间见到一只大箱子，里面装满了金丝银绣、缀（zhuì）满钻石的衣服。美女非常感谢怪兽对她的关心，从中挑了一件最不豪华的穿上，叫女用人收好其他的，好作为礼物送给两个姐姐。她刚说出这句话，箱子就不见了。父亲说怪兽想必要把这些都留给她，箱子立刻又在原地出现了。

美女穿衣服的时候，人们通知了她的两个姐姐，姐姐和她们的两个丈夫立即赶了过来。

她们两个都非常不幸。老大嫁给一个像爱神般漂亮的年轻绅士，他只爱自己的那张脸，从早到晚忙于收拾他的面孔，不把妻子的美貌放在心上。老二嫁给一个聪明男人，但他的聪明只用来与所有人斗气，首先是和他妻子斗气。

美女的两个姐姐看见她像公主般穿金戴银，比阳光还要美丽，几乎气得半死。尽管她对她们热情有加，仍无法平息她们的嫉妒心。当她讲述自己的幸福生活时，他们的嫉妒心更强烈了。

两个嫉妒鬼跑到花园里大哭一场，嘀咕道：“这小丫头为何总是比我们走运？我们难道不比她更可爱吗？”

“妹妹，”老大对老二说，“我想出一个主意：我们设法留她超过一星期。她那只愚蠢的怪兽会因她

食言而暴怒，说不定就把她吃了。”

“你说得对，姐姐，”另一个回答，“为此我们要对她格外好。”

这样商量好以后，她们回到妹妹的房间，对她分外热情。美女快乐得几乎流出泪来。一周过去以后，两个姐姐揪（jiū）着头发，哭得死去活来，美女只得答应她们再住一星期。

然而美女自责给她可怜的怪兽带来悲伤，因她已真心爱上这头怪兽。这么久没看见它，她觉得十分无聊。在她爸爸家过到第十晚的时候，她梦见自己来到宫殿的花园，看见怪兽躺在草地上，濒临（bīn lín）死亡，并责备她忘恩负义。美女突然惊醒，泪流满面。

“我有这么坏吗？”她想，“让一头对我如此友善的怪兽这么伤心？它是丑一些，也不太聪明，这难道是它的错吗？它心地善良，这比什么都强。为什么我不愿嫁给它呢？我和它在一起，比两个姐姐和她们的丈夫在一起要幸福得多。丈夫的漂亮和聪明不能给妻子带来快乐，性格的善良、品行和殷勤（yīn qín）却能使妻子快乐，怪兽具备这一切优点。我不爱这头怪兽，但我尊敬它，感谢它，对它怀着友情。我不能让它痛苦，我的忘恩负义将使我一生感到内疚（jiù）。”

说完这话，美女起身将戒指放在床头，重又躺下。刚躺上床，她就睡着了。早上醒来，她快乐地发现自己已躺在怪兽的宫殿里。她为讨怪兽高兴而梳妆打扮起来，好不容易等到晚上九点钟。钟敲过了，而怪兽没有出现。

美女害怕它因她死去，跑遍整个宫殿，大声呼叫着，绝望得心灰意冷。在宫殿里到处找过以后，她想起梦中的情景，便跑到园中的小河旁，看见可怜的怪兽已睡在河边。它躺在那儿，失去了知觉。她以为它已死去，冲到它的身边，丝毫没有害怕它那张丑脸。她觉得它还有心跳，就从小河里取了些水洒在它的头上。

怪兽睁开眼睛，对美女说："您忘记了自己的诺言，"怪兽说，"失去您的悲哀使我决心饿死自己。我能又一次见到您，我死得很快乐。"

"不，亲爱的怪兽，您不会死，"美女对它说，"您会成为我的丈夫活下去：从现在起，我就把自己交给您，我向您起誓，我只属于您。唉！我以为对您只有友情，可是这份痛苦让我意识到，我不能没有您而生活下去。”

美女刚说完这番话，城堡就灯火辉煌，闪起耀眼的烟火，响起美妙的音乐，好一派节日的景象。但怪兽遇到的危险令她浑身战栗，这些节日景象并未映入她的眼帘，她转向怪兽时，不禁愣住了！怪兽不见了，只见脚下伏着一位比爱神还要漂亮的王子，正在感谢她解除了他身上的魔法。

虽然王子足够吸引她的全部注意，但她仍忍不住打听怪兽上哪儿去了。

“他就在您的脚下，”王子对她说，“一个坏仙姑把我变成怪兽的模样，直到一个漂亮姑娘答应嫁给我才行。她还禁止我显露我的才智。因此世上只有您这样的好心人，才会为我本性的善良所感动；我即使把王冠献给您，也报答不了您对我的恩情。”

美女又惊又喜，伸手搀起王子。他们一同走进城堡。快乐无比地在大厅里遇见美女的父亲和她的全体家庭成员，他们都是那位在美女梦中出现的美丽夫人接到城堡来的。

“美女，”这位夫人——她是一位著名的仙女——对她说，“来瞧瞧您的选择给了您什么报偿：比起美貌和聪明，您更喜欢善良。您应该找到一位集这些好品德于一身的好丈夫。您会成为一位伟大的王后：我祝愿您登上宝座以后不至于毁掉您的品德。为了您，小姐们，”仙女对美女的两个姐姐说，“我了解你们的心肠和肚里的所有诡计。你们就变成两尊雕像吧，只是石头下面还保留你们的意识。去站在妹妹的宫殿门口，见证她的幸福生活，除此我也不给你们其他罪受了。你们必须认识自己的错误才能恢复最初的人形，但我担心你们永远是石像。人们可以矫正骄傲、愤怒、馋嘴和懒惰（lǎn duò），但要改变坏心和嫉妒心，那可是奇迹呢！”

这时候，仙女敲了一下仙杖，大厅里所有的人都被送到了王子的国度。他的臣民欢迎他愉快地娶了美女回来，美女在完满的幸福中和他生活了很长时间，因为这份幸福完全建立在美德的基础之上。

以上四篇为夏玟译

快 乐 王 子

——献给卡洛斯·布莱克

在高高的城市上空，一根顶天立地的柱子上站立着快乐王子的塑像。他浑身贴满了一片片赤金叶子，眼睛含着两颗晶莹的蓝宝石，佩剑的剑柄上镶嵌（xiāng qiàn）了一颗大红宝石，闪闪发光。

他确实备受仰慕。“他像风向标一样美丽，”一位市议员发表看法说，一心想附庸（fù yōng）风雅；“只是不怎么有用处啊。”他找补一句说，生怕人们会认为他不讲究实际，因为他的确是一个务实的人。

“你怎么一点儿都不像快乐王子呢？”一位明白事理的母亲对着自己无理哭闹的小孩儿说，“看看人家快乐王子从来不为小事哭闹。”

在高高的城市上空，一根顶天立地的柱子上站立着快乐王子的塑像。

“这世上有人活得很幸福，我深感欣慰哪。”一个失望的人打量着这尊奇妙的塑像，喃喃自语道。

“他看上去简直就是一个天使。”一群孤儿院的孩子说，他们身穿鲜亮的大红斗篷，系着洁白的围嘴，正从大教堂往外走。

“你们怎么知道的？”刻板的校长发问道，“你们又从来没见过天使什么样子。”

“哦！可我们见过，在梦里见过。”孩子们回答说；刻板的校长把眉头皱起来，一脸的严肃，因为他很不赞成孩子做梦。

一天夜里，这城市飞来一只小燕子。他的朋友六个星期前都飞往埃及去了，但他耽搁下来，因他和最美丽的芦苇相爱了。他是在春天早些时候遇见她的，当时他追着一只大黄蛾子飞到了河边，一下就被她那纤纤细腰迷住了，忍不住停下来和她搭话。

“我可以爱你吗？”燕子问道，他喜欢单刀直入，有话直说。芦苇听了深深点了一下头。小燕子于是围着芦苇飞啊，飞啊，用翅膀轻轻触动水面，激起一圈圈银色的涟漪（lián yī）。这就是他的求婚活动，整整持续了一个夏天。

“这真是一场可笑的恋爱，”别的燕子都叽叽喳喳地说，“瞧那芦苇不趁钱，亲戚倒有一大群。”这倒是实情，河里到处长满了芦苇。随后，秋天来了，他们都飞走了。

他们飞走后，他感到很孤单，渐渐对他的恋人儿厌倦了。“她不懂得跟人说话，”他说，“我担心她就是一个轻佻女子，看她风一来就摇晃的轻浮样儿。”一点没错，只要起风了，芦苇就风情万种地行屈膝礼。“我承认她是个固守闺房，”燕子继续说，“可我喜爱到处走走，夫唱妇随，我的妻子也应该喜爱到处旅游才是。”

“你愿意和我走吗？”他最后和她说；可是芦苇摇了摇头，她恋家恋得难以割舍啊。

“你原来一直在跟我调情啊。”他大声说，“我要飞往金字塔去了。再见吧！”他说走就飞走了。

他飞了整整一天，天黑时分来到了这个城市。“我到哪里去寄宿呢？”他心想，“但愿这城里事先

有所准备才是。”

随后他看见了那根高高的柱子上的塑像。

“我就住那儿去吧。”他叫道，“那是个好去处，新鲜空气有的是。”于是，他就落在了快乐王子的两脚之间。

“我这下住进黄金屋了。”他四下打量一番，悄悄跟自己说，然后准备睡觉；可是他正要把脑袋伸进翅膀下时，一大滴水落在了他的身上。“怪了怪了！”他惊叫道，“这天上连一丝云彩也没有，满天的星星亮晶晶的，竟然下起雨来。这欧洲北部的天气真是吓人。芦苇一贯喜欢下雨，可那完全是为了她自己。”

随后又一滴水落了下来。

“一尊大塑像连一点雨都遮挡不了，它还有什么用？”他发问说，“我只好去找一个好烟囱去躲躲了。”他决定飞走算了。

他还没有张开翅膀，第三滴水又掉了下来，他抬头一看，只见——唔！天哪，他看见了什么？

快乐王子的眼睛里噙（qín）满了泪水，泪水正顺着他那金脸颊往下流呢。在月亮光下，他的脸美丽极了，小燕子心里油然升起怜悯之情。

“你是谁呢？”他问道。

“我是快乐王子。”

“那你还哭什么？”燕子问道，“你快把我浇透了。”

“我活着时，曾有一颗常人的心。”塑像回答说，“我那时不知道泪水是什么，因为我生在逍遥宫里，忧愁是没法进那里的。白天我和我的小伙伴儿在花园里玩耍，晚上我在大厅里领头跳舞。花园周围修筑了很高很高的墙，可是我对高墙外是什么景象漠不关心，我身边的一切都非常美妙，无可挑剔啊。我的臣子都叫我‘快乐王子’，而且我也的确很幸福，如果开心就是幸福的话。我就这样生活了一辈子，又这样死去了。我死后，他们把我安置在这顶天立地的地儿，我一下看见了这城里的一切丑陋和苦难；虽然我的心是铅做的，可我还是忍不住哭泣啊。”

“天哪！难道他不是一尊实心金塑像吗？”燕子自己思忖道，“他可真是彬彬有礼，连说说个人意见都细声软语的。”

“在远处，”塑像接着低声软语地说，“在远处一条小街上，有一所穷人住的房子。房子的一扇窗户开着，我从窗子看见一个女人坐在桌子前面。她的脸又瘦又憔

悴，一双手红红的，很粗糙，被针扎得到处是针眼儿，因为她是做针线的女工。她在往一件缎子外衣上绣西番莲，让女王最可爱的宫女穿上参加下一次宫廷舞会呢。在屋子角落的床上，她的小孩儿躺着生病。小孩儿在发烧，口口声声要橘子吃。可他母亲只能给他白开水喝，于是他就委屈得哭啊哭啊。燕子啊，燕子啊，小燕子啊，你能把我剑柄端上的红宝石衔上送给她吗？我的两只脚固定在这底座上了，我不能动啊。”

“有人在埃及等我，”燕子说，“我的朋友正在尼罗河上飞来飞去，跟大荷花说话呢。他们不久就要到那个了不起的国王的墓里去睡觉。那个国王自己就在那里，躺在他的油漆棺材里。他被黄亚麻布裹得紧紧的，用各种香料涂过以防止腐烂。他脖子上挂着一条链子，上面坠着一块浅绿色宝石，他的手干枯得像黄枯的树叶。”

“燕子，燕子，小燕子啊，”王子说，“你愿意和我待上一个夜晚，给我当当送信人吗？那个孩子渴坏了，可他的母亲干着急没办法啊。”

“我想我不会喜欢小男孩，”燕子回答说，“去年夏天，我在河边待着时，两个野男孩，就是磨坊主的儿子，总是用石头砸我。当然,他们永远别想砸到我;我们燕子飞得快着呢,躲躲石头是小事一桩；再说啦，谁都知道我们家的人身手矫捷；不过话说回来，用石头砍人总是不光彩的。”

但是，快乐王子看上去难过极了，小燕子觉得很过意不去。“这里好冷啊，”他说，“不过我会跟你待上一个夜晚，给你当送信的人。”

“谢谢你，小燕子。”王子说。

于是，燕子啄起王子剑柄上的那颗大红宝石，用嘴衔（xián）着飞过了城市屋顶的上空。

他飞过白色的大理石上刻满天使的大教堂塔楼；他飞过了宫殿上空，听见了舞会的声音。一个美丽的姑娘和她的情人来到外面的阳台上。“星星有多美啊，”他对她说，“爱情的力量又是多么美妙啊！”

“我多希望能穿上新衣服参加这次盛大舞会啊。”她附和说，“我定好了在衣服上绣西番莲的；可是那个女裁缝懒死了。”

他飞过河的上空，看见灯笼挂在船的桅杆上。他飞过犹太居民区，看见那些上年纪的犹太人在互相讨价还价，用铜秤（tóng chèng）称钱。最后他飞到了那

于是，燕子啄起王子剑柄上的那颗大红宝石，用嘴衔着飞过了城市屋顶的上空。

户穷人家，向里看去。那男孩儿在发烧，在床上来回翻身，他妈妈累得支撑不住，已经睡着了。他一蹦一跳进去，把嘴里的大红宝石放在了那个女人的顶针旁边。然后他轻轻地绕着床飞，用翅膀往小男孩儿的脑门儿上扇风。“我觉得好凉快，”男孩子说，“我一定好多了。”他很快进入了香甜的梦乡。

后来，燕子飞回到了快乐王子身边，跟快乐王子讲了他做过的事。“真是奇怪，”他说，“天气虽然这么冷，我现在却觉得身上热乎乎的。”

“这是因为你干了一件好事啊。”王子说。小燕子开始想事，很快就入睡了。他一想事就要睡觉。

天色大亮时，他飞到河边洗了一个澡。“多么奇怪的现

象，”鸟类学教授走过桥时说，“大冬天还有燕子！”他写了一封长信寄给当地报纸，谈及这件怪事。大家都引用那封信里的话，因为里面尽是人们不明白的词儿。

“今天夜里我要飞往埃及，”燕子说，为飞走一事兴奋不已。他飞遍了公共场合所有的古迹，在教堂陡直的屋顶上待了很长时间。他无论飞到哪里都听见麻雀叽叽喳喳在叫，互相交谈说：“好一位稀客呀！”他听了心下好不喜欢。

月亮升上天空时，他飞回到快乐王子身边。“你有什么话捎往埃及吗？”他大声说，“我马上要飞走了。”

“燕子，燕子，小燕子啊，”王子说，“你不愿意再和我待一个夜晚吗？”

“有人在埃及等我呢，”燕子回答说，“明天我的朋友都会飞往‘第二大瀑布’了。河马藏在香蒲下面，门农神[①]坐在一个大花岗岩宝座上。他整夜遥望星星，晨星亮起时他就高兴得叫唤一声，然后就悄无声息了。中午时，黄色的狮子纷纷到河边来饮水。他们的眼睛都像绿宝石，他们的吼叫声比大瀑布的呼啸还响亮呢。”

① 专指埃及提比斯附近的阿孟霍特普三世的巨石石像，日出时必发出竖琴声，170年罗马皇帝修复后不再发生。

“燕子，燕子，小燕子啊，”王子说，“在这城市的远处，我看见一个年轻人住在阁子间。他倚靠在一张堆满纸的桌子旁，他身边的一只杯子里插着一束枯萎的紫罗兰。他的头发焦黄干涩，嘴唇红得如石榴，眼睛很大的却混沌不清。他正努力给剧院导演完成一个剧本，可是他冻得不行，写不下去了。炉膛没有火，他饿得有气无力。”

“我和你再待一个夜晚吧。”燕子说，真的动了恻隐之心。“我还能给他送去一颗红宝石吗？”

“哎！我现在没有红宝石了。”王子说，“我只有这双眼睛了。它们是用珍贵的蓝宝石做的，是一千年前从印度买来的蓝宝石呢。快啄一颗出来给他送去吧。他可以把蓝宝石卖给珠宝商，买回些食物和柴火，把他的剧本写完了。”

“亲爱的王子啊，”燕子说，“我不忍心干这个。”然后就开始哭起来。

“燕子，燕子，小燕子啊，”王子说，“快按我要求你的做吧。”

于是燕子啄下王子的一只眼睛，衔着飞向那个学生的阁楼去了。阁楼屋顶有窟窿，燕子很容易就进去了。那个年轻人两手把头抱得紧紧的，一点没有听见燕

子扑棱翅膀的声音，他抬头看时才发现那颗美丽的蓝宝石放在那些枯萎的紫罗兰上面。

“有人开始赏识我了，”他惊叫道，“这一定是某个了不起的崇拜者送来的。这下我能写完我的剧本了。”他看上去相当幸福。

第二天，燕子飞到了海港。他落在一只大船的桅杆上，看着水手们用绳子从货舱往外拽大箱子。“嗨哟嗨哟！”他们每拽出一只箱子就喊一声。“我要去埃及！”燕子大声说，可是没有人在意，月亮升起来时，他又飞回快乐王子身边。

“我是来和你告别的，”他大声说。

“燕子，燕子，小燕子啊，”王子说，“难道你不愿意再和我待一个夜晚吗？”

“已经是冬天了，”燕子回答说，“这里很快就要下寒冷的雪了。可在埃及，太阳把绿色的棕榈（zōng lǘ）树照得热乎乎的，鳄（è）鱼躺在泥里懒洋洋地打量棕榈树。我的伙伴在太阳神殿里筑窝呢，粉鸽子和白鸽子在一旁看着他们，互相咕咕叫个不停。亲爱的王子，我必须离开你，可我永远不会忘记你，明年春天我会给你带回两颗美丽的宝石，安放在你忍痛割爱的那些地方。红宝石会比红玫瑰还红，蓝宝石会比大海还蓝。”

“在广场那边，”快乐王子说，“站着一个卖火柴的小姑娘。她把火柴掉进臭水沟里，火柴都弄坏了。她要是给家里带不回一些钱，她父亲会打她的，她在哭泣。她没有穿鞋，没有穿袜子，还光着小脑袋。啄出我的另一眼睛，快去送给她，那样她父亲就不会打她了。”

“我愿意再和你待一个夜晚，”燕子说，“可是我不忍心啄掉你的眼睛。你没有眼睛什么都看不见啊。”

“燕子，燕子，小燕子啊，”王子说，“快按我要求你的去做吧。”

于是，燕子啄掉了王子的另一只眼睛，衔着飞走了。他飞过卖火柴的小女孩儿身旁，他把蓝宝石放在了她的手掌上。“多么可爱的一小块玻璃啊！”小姑娘惊叫道；随后她一路笑着跑回家去了。

然后燕子飞回到王子身边。“你这下完全瞎了，”他说，“我就一直待在你身边吧。”

“不，小燕子，”可怜的王子说，“你一定要飞往埃及去。”

“我要一直跟你在一起。”燕子说，随后就在王子脚边睡着了。

第二天一整天他都落在王子的肩膀上，跟王子讲他在异国他乡经历的事情。他告诉王子尼罗河岸边站立的一排朱鹭（lù），他们用大长嘴逮（dǎi）鱼吃；他告诉王子像这个世界一样古老的斯芬克斯[1]生活在大沙漠里，天下的事情无所不知；他告诉王子牵着骆驼慢悠悠行走的商人，手里拿着一串串琥珀珠子；他告诉王子月亮山的国王，皮肤黑得像乌木，对一块大水晶石顶礼膜拜；他告诉王子在棕榈树上睡觉的大绿蛇，二十个僧侣（sēng lǚ）用蜂蜜饼喂它；他告诉王子乘着大扁叶子在大湖上泛舟戏耍的小仙人，动不动就跟蝴蝶打仗。

“亲爱的小燕子，”王子说，“你告诉我许多奇闻轶（yì）事，不过受苦受难的男男女女的千万种痛苦，是什么奇闻轶事也比不了的。天下的奇闻莫过于苦难。到我的城市上空去飞一趟，小燕子，回来告诉我你在下面看见了什么。”

于是燕子在城市上空飞翔，看见富人在他们美丽的宅邸

① 希腊神话中一神，带翼的狮身女怪，叫过路行人猜谜，猜不中者即遭杀害。此处当指古埃及狮身人面像，位于今埃及金字塔附近。

寻欢作乐，而乞丐坐在大门前行乞。他飞进了黑黢（qū）黢的小巷，看见挨饿的孩子面色惨白，无可奈何地望着黑乎乎的街道。在一座桥拱下面，两个小男孩紧紧依偎着取暖。“我们饿得不行了！”他们叹道。“你们俩不能躺在这里，”巡警厉声喝道，两个小男孩只好走进了雨中。

然后他飞回来，跟王子讲了他的见闻。

“我身上裹着赤金，”王子说，“你一定把它啄下来，一片一片地啄，把它送给穷人；活着的人总是以为金子能让他幸福。”

燕子于是啄下来一片又一片赤金，把快乐王子啄得寸金不留，一副灰不溜丢的样子。燕子把一片又一片赤金送给穷人，他们的孩子脸上有了红润，在大街上欢声笑语一片，玩耍得很痛快。“我们现在有面包吃了！”他们欢呼说。

后来，天下雪了，雪后天寒地冻。放眼望去条条大街像裹上了银子，光亮夺目，明闪闪的；房子屋檐垂下长长的冰柱，像水晶利剑，人人出门都穿起皮衣，小孩子家头戴大红帽子，在冰上溜来溜去。

可怜的小燕子冻得越来越厉害，可是他不忍心离开王子，他爱他爱得刻骨铭（míng）心。他趁面

包师不注意时在作坊门外捡吃些面包渣，使劲儿拍打翅膀让自己暖和一些。

但是最终他知道他就要死去了。他只有再往王子肩膀上飞一次的力气了。“再见了，亲爱的王子！”他小声说，“你能让我亲亲你的手吗？”

“我很高兴你终于要去埃及了，小燕子，”王子说，“你在这里待得够长了；不过你一定要亲亲我的嘴唇，因为我爱你呀。”

“我不是要到埃及去，”燕子说，“我要去‘死神殿’了。死神是睡眠的好兄弟，不对吗？”

燕子亲吻过快乐王子的嘴唇，掉在王子脚下死去了。

这时候，雕像里面响起一种奇怪的声音，好像有什么东西破碎了。实际上是王子的铅做的心脏破成两瓣儿了。这当然是天寒地冻的结果。

第二天大清早，市长在市议员们的陪同下从雕像下的广场走过。他们路过那根柱子时，市长抬头看了看塑像：“我的天哪！这快乐王子看上去真寒碜（hán chen）！”他说。

“的确寒碜！”市议员们大声说；他们总是跟着市长的调子唱；他们走过去端详那塑像。

这时候，雕像里面响起一种奇怪的声音，好像有什么东西破碎了。实际上是王子的铅做的心脏破成两瓣儿了。这当然是天寒地冻的结果。

“红宝石从他的剑柄上脱落了，他的眼睛不见了，他身上的金子也没有了，”市长说，“说真的，他比乞丐（qǐ gài）强不到哪里去！”

“是不比乞丐强多少啊。”市议员们说。

“他的脚边还有一只死鸟！”市长继续说，“我们真得发表一份告示，禁止鸟类死在这里。”市政文书赶紧把这项提议记了下来。

于是他们把快乐王子的塑像拉倒了。“因为他不再美丽，所以就不再有用了。”大学的美术教授说。

随后他们把塑像扔进炉里化掉了，市长专门召开市政会议，决定如何处理融化的铁。“我们当然还得另铸一尊塑像，”他说，“那应该是我自己的塑像。”

“是我自己的。”每一个市议员都说，他们就吵了起来。我上一次见到他们，他们还在争吵呢。

“真是怪事啊！”在铸（zhù）造车间干活儿的工人监工说，“那颗破裂的铅心在炉里竟然没化掉。我们只好把它扔掉了。”他们果真把它扔在了垃圾堆上，碰巧那只死燕子也躺在那里。

“快去那个城市把那两件最珍贵的东西给我捡来。”上帝对他的一个天使说；天使给他拣来了那颗铅心和那只死鸟。

“你挑选对了，”上帝说，“因为在我的乐园里，这只小鸟会永远唱下去，而在我的金子城市里，快乐王子会赞美我的。”

自私的巨人

每天下午，孩子们从学校出来后，都往往到巨人的花园去玩耍。

那是一个可爱的大花园，茸茸绿草满地都是。草地上到处长着美丽的鲜花，像星星一样；春天时节，花园里的十二棵桃树盛开耀眼夺目的粉红色花儿和银白色花儿；秋天来了，树上结满了累累果实。鸟儿落在树上，唱起悦耳的歌儿，孩子们不由得停下游戏聆听鸟儿们歌唱。“我们过得多么快乐幸福啊！”他们互相告慰道。

一天，巨人回来了。他早先去拜访他的朋友、康沃尔的吃人魔去了，和吃人魔一待就是七年。七年期间，他把想说的话都说了，因为他的谈话是有限的，于是他决意返回他自己的城堡来。他一回来就看见孩子们在花园里玩耍。

“你们在这里干什么？”他喊叫道，声音很霸（bà）道，孩子们赶紧跑散了。

“我自己的花园就是我自己的花园，”巨人说，“谁都明白这个理，我以后不让任何人来玩儿，我自己想怎么玩儿都行。”于是他修建了一堵高墙，把花园围起来，还挂上一块牌子：

闲人莫入 违者法办

他是一个非常自私的巨人。

可怜的孩子们这下没有地方可玩儿了。他们只好到大路上玩耍，可是路上灰尘太多，而且到处都是粗糙的石头，他们一点也不喜欢在路上玩儿。放学后，他们只好绕着那圈高墙转悠，谈论着墙里那美丽的花园。“我们当时过得多么幸福。”他们彼此诉说道。

不久，春天来了，乡间到处开满小小花朵，小鸟儿到处飞舞。只有花园里的自私巨人还过着严冬的日子。因为花园里没有孩子们，鸟儿不愿意在里面唱歌，桃树也忘记开花了。有一次，一朵美丽的花从草地上探出头来，可是一看见那块

告示牌，不禁为那些孩子感到十分难过，它把头又缩回地下去，呼呼睡起大觉来。花园里唯一感到高兴的人是雪和霜。“春天把这花园遗忘了，”他们大叫着，“这下我们可以一年到头住在这里了。”雪往草地盖上了她那巨大的白色斗篷，霜把所有的树都涂上了银色。然后他又邀请北风与他们做伴，北风就赶来了。北风用皮外衣裹得严严实实，整天都在花园里呜呜叫个不停，把烟囱（yān cōng）都刮倒了。“这是一个令人愉快的地方，”北风说，“我们一定要请冰雹来访问。”于是冰雹来了。每天他都在城堡屋顶上劈劈啪啪下三个小时，把屋顶上大多数瓦片都打破了；随后他又在花园转呀转呀，忙不迭地奔啊跑啊。他穿着一身灰色服装，他吐出的气跟冰差不多。

“我不明白为什么春天这么晚了还不来，”自私的巨人心下思忖，坐在窗前看着他那冰天雪地的花园，“但愿这气候变化变化才好。”

然而春天一直没有来，夏季也一直不来。秋天给每一座花园带来了金色的果实，但是巨人的花园却得不到秋天的垂青。“他太自私了。”秋天说。巨人的花园总是冬天，北风、冰雹、霜和雪在树间肆（sì）意起舞。

一天早上，巨人醒来躺在床上，这时他听见了

一种美妙的乐曲。这乐曲在他耳际萦绕，妙不可言，他原以为一定是国王的乐师演奏着曲子走过。其实只是一只小红雀在窗外唱歌，但是因为他很久没有听见鸟儿在他的花园里唱歌，所以他觉得这是人世间最美丽的音乐。接着冰雹停止了在头顶砰砰乱跳，北风不再呼呼吼叫，一股扑鼻的香气从开着的窗扉飘到了他跟前。“我看春天终于来了。”巨人说；他从床上跳下，往外张望。

他看见了什么呢?

他看见一幕美不胜收的景致：孩子们从大墙的一个小窟窿里钻进了花园，正坐在树的枝杈上。每一棵树上都有一个小孩。树们非常高兴孩子们又回来了，便开满了花儿，在孩子们的头上轻轻地摇动起他们的枝杈。鸟儿们到处飞动，高兴得叽叽喳喳鸣叫，花儿从绿草地往上张望，喜笑颜开。这是一幕可爱的景色，只有花园的一隅还是冬天。那是花园最远的角落，一个小男孩正站在那里。他还很幼小，没法爬上树的枝杈，正围着那棵树转啊转啊，哭得伤心极了。那棵可怜的树仍然盖满了霜和雪，北风呼呼地吹，在树梢上呜呜地叫。“快爬上来呀，小男孩！”树说着，尽可能低地垂下了他的树枝，但是小男孩太幼小，还是够不着。

冰雹停止了在头顶砰砰乱跳，北风不再呼呼吼叫，一股扑鼻的香气从开着的窗扉飘到了他跟前。“我看春天终于来了。”巨人说；他从床上跳下，往外张望。

巨人看着这幕景致，心融化了。“我一直表现得多么自私啊！”他说，“现在我明白了为什么春天不到这里来了。我要把那个可怜的小男孩抱到那棵树顶上去，然后我再把这围墙拆掉，让我的花园世世代代成为孩子们的游戏场。”他真心为他过去的行为感到后悔。

于是他悄悄走下楼梯，蹑手蹑脚地打开前门，走出房子，进了花园。但是孩子们一看见他，吓得胆战心惊，纷纷逃跑了，花园又变成了冬天。只有那个小男孩没有跑掉，因为他的眼睛里满是泪水，没有看见巨人走了过来。巨人悄悄地站

在他身后，轻轻地把他拿在手里，放在了树上。那棵树马上鲜花怒放，鸟儿们纷纷飞来在上面唱歌，小男孩伸开他的双臂，紧紧抱住了巨人的脖子，亲吻他。那些跑掉的孩子，看出来巨人不再像过去那样坏，又都跑回来，春天也跟着孩子们来了。“现在这是你们的花园了，小娃娃们。”巨人说，他拿起了一把大斧头，把那堵墙砍倒了。人们在十二点钟去市场时，发现巨人在他们见过的最美丽的花园里和孩子们玩耍。

他们玩耍了整整一天，天黑了他们才来和巨人道别。

“可是你们的小伙伴哪里去了？”他问道，“就是我抱上树的那个小男孩。”巨人最爱那小男孩，因为小男孩亲吻过他。

“我们不知道，”孩子们回答说，“他离去了吧。”

“你们一定告诉他务必明天来这里玩儿。”巨人说。可是孩子们说他们并不知道他住在哪里，过去从来也没有见过他；巨人觉得伤心极了。

每天下午，学校放学后孩子们都要来和巨人玩耍。但是那个巨人深爱的小男孩再也没有露面。巨人对所有孩子都非常和蔼，可他仍一心想念他的第一个小朋友，经常说起他。“我是多么想见见他啊！”他经常说。

许多年过去了，巨人年纪很大很大了，身体衰老得不行。他再也玩不动了，只好坐在他的大扶手椅子里，看孩子们玩游戏，观赏他自己的花园。“我有许多美丽的花儿，”他说，“可是孩子们才是所有花中最美丽的花朵啊。”

一个冬天的早上，他一边穿衣服一边看着窗外。他现在不讨厌冬天了，因为他知道那只不过是春天在沉睡，花儿在休息。

突然间，他惊讶得直揉眼睛，看了又看。那确实是一幕让人惊喜的景色。在花园最远的角落，一棵树开满了可爱的白花儿。树的枝杈全是金色，银闪闪的果子挂在枝头，树下站着他爱恋的那个小男孩。

巨人欣喜若狂地跑下楼梯，出了房子冲进花园。他急匆匆穿过草地，来到了那孩子身边。他走得很近时，他的脸色因为生气变得通红，他说：“是谁竟敢伤害你？”因为在这孩子的手掌上有两个指甲印，他的小脚丫上也有两个指甲印。

“谁竟敢伤害你？”巨人大声责问道，“快告诉我，看我拿上我的大剑，去把他砍了。”

“不！”孩子回答说，“这是爱的伤痕呀。”

“你是谁？”巨人问道，一种莫名的恐惧传遍他全身，他在小男孩面前跪下了。

小男孩微笑着对巨人说：“你曾经让我在你的花园里玩耍过，今天你跟我到我的花园去吧，那是天堂。”

那天下午孩子们跑进来时，发现巨人躺在那棵树下死了，身上盖满了白色的鲜花。

以上两篇为苏福忠译

青蛙王子

在愿望还可以成为现实的古时候，有一个国王，他的几个女儿长得都很漂亮，尤其是小女儿长得更是美丽无比，就连见多识广的太阳每次看到她，都为她的美感到惊讶。

国王宫殿附近有一片黑黝黝的大森林，森林里有一棵古老的菩提（pú tí）树，树下有一口井。天气一热，小公主就走出宫殿，来到森林里，坐在清凉的井边。当她感到无聊的时候，她就掏出一个金球，把它抛到空中，然后用手接住；这个金球是她最心爱的宝贝。

有一次，她把球抛向空中，没有接住，金球直接落在地上，骨碌碌滚到井里去了。公主眼看着金球掉进水里，不见了踪影。那口井水很深，根本看不见底。于是她哭起来，而且越哭声音越大，越哭越伤心。正当她这样大声痛哭的时候，有人向她喊道："公主，你出了什么事，哭得这样伤心，连石头都要感动了？"她四下张望，想看看声音是从哪里来的；哦，原来是一只青蛙，正把它那难看的大脑瓜露在水面上。她说："啊，原来是你呀，划水的老手，我哭是因为我的金球掉到井里去了。"青蛙说："你安静些，别哭了，我会想办法帮助你的。可是，如果我把你的宝贝捞上来，你用什么来报答我呢？"

公主回答说："亲爱的青蛙，你要什么都可以，我的衣服、珍珠和宝石，还有我头上戴的这顶金冠。"

青蛙说："你的衣服，你的珍珠和宝石，你的金冠，我都不想要；要是你喜欢我，就让我做你的伙伴，和你一起玩耍，和你一起坐在你的小桌子旁，用你的金盘子吃饭，用你的杯子喝水，在你的床上睡觉。如果你答应我，我就下去，把金球给你捞上来。"

公主说："好吧，只要你把金球给我捞上来，你要什么，我都答应。"可是她心里却想，一只傻青蛙只配和它的同伴坐在水里呱呱叫，怎么可能做我的伙伴呢！

青蛙得到她的许诺之后，就沉入水中去了。没过多一会儿，它又冒出头来，嘴里衔着那只金球，

把它扔到草地上。

公主一见到她那漂亮的金球，高兴得不得了，立刻捡起来，跳跳蹦蹦地跑走了。青蛙在后面喊道："等一等，等一等，带上我呀，我跑不了你那样快。"但是它的声音喊得再大也没用。小公主根本没听见，她急忙跑回家，很快就把青蛙忘掉了。

第二天，小公主和国王以及大臣们坐在桌子旁边，正用她的金盘子吃饭。突然有个东西扑啦扑啦地爬上大理石台阶，一到门口，就敲着门喊道："公主，小公主，快给我开门。"她急忙跑过去，想看看是谁在外面喊。她打开门一瞧，哟，原来是青蛙蹲在门口。她赶快把门砰的一下关上，又回到桌子旁边坐下，心里感到非常害怕。

国王看见她心慌意乱的样子，就问："孩子，你怎么啦？难道是有巨人站在门口，要把你带走吗？"

公主回答说："啊，不，不是巨人，是一只难看的青蛙。"

"那青蛙找你做什么？"

"哦，亲爱的爸爸，我昨天到森林里去，坐在井边玩，不小心把我的金球掉进了井里。因为我哭得很伤心，那只青蛙就把金球给我捞了上来。它当时要我答应它做我的伙伴，可是我根本没想到，它能从井里爬上来。它现在就在门外，要进来找我。”

这时，青蛙第二次敲门，喊道：

小公主，
快开门，
难道你忘了，昨天
在清凉的井边
对我说的话吗？
小公主，
快开门。

于是国王说：“你答应的事情，就一定要遵守；快去开门吧。”

小公主很不情愿地去开了门，青蛙跳进来，紧紧跟在她身后，走到她的桌子前。它蹲在那里，叫道：“把我抱上去放到你的身边吧。”公主犹豫了半天，直到国王命令她，她才把青蛙抱了上去。青蛙上了椅子，又要上桌子。到了桌上，它又说：“把你的金盘子给我挪近点，咱

小公主很不情愿地去开了门，青蛙跳进来，紧紧跟在她身后，走到她的桌子前。

俩一起吃吧。”公主虽然照着做了，但是看得出来，她非常不乐意。青蛙吃得很香，可小公主几乎每口食物都噎（yē）在喉咙里。

最后，青蛙说：“我已经吃饱了，但我很疲倦，把我抱到你的房里去，铺好你的丝绸被褥，咱们一块儿睡觉吧。”

小公主哭了。她害怕那只凉瘆（shèn）瘆的青蛙，连碰也不敢碰它，现在它却要在她那干净漂亮的小床上睡觉，她说什么也不肯。但是国王生气了，他说：“谁在困难中帮助过你，事后你就不应该轻视人家。”于是她用两个手指夹着青蛙，把它提上楼去，放在一个角落里。

公主刚躺到床上，青蛙就爬过来说：“我很疲倦，我也要像你一样好好睡一觉；你把我抱上去吧，不然我就去告诉你的父亲。”公主听了非常生气，一把抓起青蛙，狠命地朝墙上摔去，同时喊道：“你这讨厌的青蛙，给我安静些吧！”

可是当它从墙上掉下来的时候，它已经不再是一只青蛙了，而是变成了一个风度翩（piān）翩的王子。他长着一双美丽、和蔼的眼睛。按照小公主父王的意愿，他现在就是小公主亲爱的伙伴和丈夫了。他告诉小公主，

他曾经被一个恶毒的巫婆施了魔法，除了小公主，没人能把他从井里救出来；明天，他们将要一起到他的王国去。

第二天早上，当太阳把他们照醒的时候，驶来了一辆马车，车上套着八匹白马，马头上插着白色的鸵鸟毛，脖子上挂着金链子，车后站着王子的仆人——忠实的海因里希。当他的主人变成一只青蛙的时候，这个忠实的海因里希非常忧伤；为了防止他的心由于忧愁和痛苦而爆裂，他让人在他的胸口上箍（gū）了三道铁箍。这辆马车就是接王子回他的王国去的；忠实的海因里希先是把他们俩扶上马车，然后自己又站到车尾上。王子解除了魔法，他心里感到非常高兴。

他们走了一段路程，王子突然听见身后砰的一声，好像有什么东西爆裂了。于是转过身去，喊道：

“海因里希，车子坏了。”

“不，主人，车子没有坏，
刚才响的是我胸口的铁箍。
当你变成青蛙蹲在井里的时候，
我心里非常痛苦，
就在胸口箍了三道铁箍。”

一路上，砰，砰，又响了两次，王子总以为是车子坏了，其实是忠实的海因里希胸口上的铁箍的断裂声；因为他的主人解除了魔法，获得了幸福，他一高兴，胸口上的铁箍也就一道道地裂开了。

渔夫和他的妻子

从前，一个渔夫和他的妻子住在海边的一条破船里。渔夫每天去钓鱼，他钓啊，钓啊。有一天，他握着鱼竿，望着清澈的海水，坐在那里等啊，等啊。

钓丝终于沉到了深深的海底。他把钓丝拉上来一看，钓上了一条巨大的比目鱼。比目鱼对他说："渔夫，你听着，我求你饶了我的性命，我不是真正的比目鱼，我是一个中了魔法的王子。你杀了我，对你有什么好处呢？再说你吃掉我味道也不好。还是把我放回水里，让我游走吧！"

渔夫说："好吧，你不用多说了。一条会说话的比目鱼，我一定会放它走的。"于是他把它又放回了清澈的海水；比目鱼向水底游去，后面拖着一条长长的血丝。渔夫站起来，回到破船里他妻子的身边。

妻子问：“老头子，你今天什么东西也没钓到吗？”

丈夫说：“不，我钓了一条比目鱼，它说它是一个中了魔法的王子，我又把它放了。”

妻子又问：“那你没有向它要点什么东西吗？”

丈夫说：“没有。我该向它要什么呢？”

妻子说：“哎呀，我们总不能老住在这又臭又腥的破船里吧；你可以给我们要一座小小的茅舍嘛。你再去一趟，把比目鱼叫出来，对它说，我们想要一座小小的茅舍。它一定会答应的。”

丈夫说：“唉，为什么还要我再去一趟呢？”

妻子说：“嗨，你捉住了它，又把它放了，它一定会答应的。快点去吧！”

丈夫不同意，又不敢反对他的妻子，只好朝海边走去。他来到海边，看见海水变得又绿又黄，不再像往常那样清澈透明了。他面对大海，喊道：

王子，王子，小王子，
海里的比目鱼，你出来吧，
我的妻子伊尔莎比尔

和我的想法不一致。

比目鱼游过来，说：“那她想要什么呢？”

渔夫说：“唉，我妻子说，我钓到了你，就应该向你要点什么东西。她不愿意再住在破船里，她想要一座茅舍。”

比目鱼说：“你回去吧，她已经有了。”

渔夫回到家里，他的妻子已经不在破船里了，那里出现了一座小小的茅舍，她坐在门前的凳子上。妻子拉着他的手，对他说：“你进来看看吧，现在好多了。”他们走进去，茅舍

里有一条窄窄的过道，一间小巧而漂亮的客厅和一间卧室，卧室里放着他们的床；另外还有厨房、储藏室和工具间，所有的屋子里都摆着精制而漂亮的锡（xī）器和铜器，各种用具应有尽有。茅舍后面还有一个养着鸡鸭的小院子和一座种着蔬菜和果树的小园子。

妻子说："你看，这不是很好吗？"

丈夫说："是的，这样就行了，我们可以快快活活地过日子了。"

妻子说："我们还要想想。"说完他们吃了点东西，就上床睡觉了。

这样过了一两个星期，妻子说："你听着，老头子，这茅舍太窄，院子和园子又那么小。比目鱼还可以给我们一所更大的房子。我想住在一座石头砌的大宫殿里。你去找比目鱼吧，叫它送给我们一座宫殿。"

丈夫说："唉，老婆子，这茅舍就挺不错嘛，我们为什么还要住宫殿呢？"

妻子说："什么话！你去吧，比目鱼一定能办到。"

丈夫说："不，老婆子，比目鱼已经给了我们茅舍，我不愿意再去了，比目鱼会生气的。"

妻子说："你去吧！它能做到，也愿意做，你就去吧！"丈夫心里很难过，不想去，自言自语地说："这多不好。"可是，他还是去了。

他来到海边时，海水变得又紫又蓝，又灰又浓，不像上次那样又绿又黄了，不过还算平静。他面对大海，喊道：

王子，王子，小王子，
海里的比目鱼，你出来吧，
我的妻子伊尔莎比尔
和我的想法不一致。

比目鱼说："那她想要什么呢？"

"唉，"渔夫有点不好意思地说，"她要住在一座大宫殿里。"

比目鱼说："你去吧，她已经站在门口了。"

渔夫回去一看，那里矗（chù）立着一座石头砌的高大宫殿，他的妻子站在台阶上，正要进去。她拉住他的手说："进来吧！"他同她走进去。宫殿里有一个大理石铺地的大厅，许多仆人正在打开一道道门，墙上糊着漂亮的壁纸，熠熠生辉，屋子里摆着纯金的桌椅，天花板上吊着水晶玻璃的枝形吊灯，所有的房间里都铺着地毯。桌子上摆着异常丰盛的美酒佳肴（jiā yáo），宫殿后面有一个很大的院子，院里有马厩、牛栏和最好的马车；有一座巨大而漂亮的园子，园里栽着最美丽的鲜花和果树；还有一片半里路长、可供散步的树林，林中有鹿、兔等各种可爱的小动物。

妻子说："喏，这不是很好吗？"

"是啊，"丈夫说，"这样也就行了。我们现在住进了富丽堂皇的宫殿，也该满足了。"

妻子说："我们还要考虑考虑，先睡觉吧。"于是他们上床睡觉去了。

第二天早晨，天刚蒙蒙亮，妻子就醒了。她坐在床上，望着窗外美丽富饶的田野。丈夫还在伸懒腰，她用胳膊捅捅他的肋骨（lèi gǔ）说："老头子，快起来，你瞧瞧窗外吧！你看，我们做这块土地上的国王不是挺好吗？去找比目鱼，告诉它我们要做国王！"

丈夫说："唉，老婆子，我们干吗要做国王？我不愿意当国王！"

妻子说："你不想当国王，那我来当。你去找比

目鱼，说我要当女王。”

丈夫说：“唉，老婆子，你干吗要当女王？我不好意思再对它说了。”

妻子说：“有什么不好意思的？你马上给我去，我一定要当女王！”

于是渔夫去了。他妻子要做女王，他的心里很不高兴。渔夫想：这样不好，这样可不好。他不想去，可还是去了。

他来到海边时，海水变成了深灰色，从下面往上翻腾(fān téng)，散发着难闻的臭气。他面对大海，喊道：

王子，王子，小王子，
海里的比目鱼，你出来吧，
我的妻子伊尔莎比尔
和我的想法不一致。

比目鱼说：“那她要什么呢？”

渔夫说：“唉，她要当女王。”

比目鱼说：“你回去吧，她已经是女王了。”

渔夫回去一看，宫殿变得更大了，而且还添了一座高耸的塔楼和许多富丽堂皇的装饰物，门口站着卫兵，另外还有许多礼兵。

他走进宫殿，看见里面所有的东西都是用大理石和金子做的，天鹅绒的桌布，周围吊着长长的金链流苏。大厅的门打开了，满朝文武大臣都在里面。他的妻子坐在用金子和钻石做的宝座上，头上戴着一顶硕大的金质王冠，手里拿着纯金和宝石制的王笏，她的两边各站着六名侍女，依次排开，一个比一个矮一头。

他走上前去，说："啊，老婆子，你现在做了女王啦？"

妻子说："是啊，我现在是女王了。"

他站在那里望着她，看了一会儿，然后说："啊，老婆子，你做了女王，该多好啊！我们再也不要希望什么了。"

妻子烦躁不安地说："不，老头子，我已经不耐烦了，我再也无法忍受下去了。你去对比目鱼说，我已经做了女王，我还想做女皇。"

丈夫说："啊，老婆子，你干吗还要做女皇呢！"

她说："老头子，你去对比目鱼说，我要做女皇。"

丈夫说："啊，老婆子，你不能做女皇，我也不愿意去向比目鱼说；皇帝一个国家才有一个，比目

鱼不能让人做皇帝的，它不能，绝对不能。”

妻子说：“什么？我是女王，你只不过是我的丈夫，你还不马上给我去？你立刻就去。它能让人做国王，也就能让人做皇帝。我非要做女皇不可，你快去！”丈夫只得去了。

渔夫去的时候，心中惶恐不安；他一边走，一边想：这样多不好，她要做女皇，真是厚颜无耻，比目鱼一定会厌烦的。他走到海边时，看见海水又黑又浓，从海底向上翻腾，冒着水泡，一阵大风刮来，波涛汹涌，浪花拍打着海岸。渔夫感到非常害怕。他面对大海，喊道：

王子，王子，小王子，
海里的比目鱼，你出来吧，
我的妻子伊尔莎比尔
和我的想法不一致。

比目鱼说：“那她想要什么呢？”

渔夫说：“唉，比目鱼，我的妻子要当女皇。”

比目鱼说：“你回去吧，她已经是女皇了。”

渔夫回去一看，整座宫殿全是用水磨大理石砌的，上面还有雪花石膏雕像和黄金饰物。一队士兵从大门前面列队而过，他们吹着喇叭，打着鼓，敲着锣。

宫殿里有不少男爵、伯爵和公爵走来走去，充当仆人；他们替他打开纯金制作的大门。他进去一看，他的妻子坐在宝座上，这宝座是用整块的金子做成的，足有两里高。她头上戴着两尺多高的大金冠，上面镶着金刚钻和红宝石。她一只手拿着王笏（hù），另一只手拿着权杖。在她的两旁站着两排侍臣，依次排开，一个比一个矮，从两里高的巨人到只有小手指大小的矮子。她的面前站着许多诸侯和公爵。

渔夫走过去，站在他们中间，说："老婆子，你当了女皇啦？"

妻子说："是啊，我当了女皇。"

渔夫站在那里，仔细打量了她一会儿，然后说："啊，老婆子，你当上了女皇，可真不错呀。"

妻子说："老头子，你站在那里做什么？我现在当上了女皇，可是我还要做教皇，你去找比目鱼吧！"

丈夫说："唉，老婆子，你究竟想做什么呀？教皇你当不得，基督教世界里只有一个教皇，比目鱼不会让你做教皇的。"

妻子说："老头子，我要当教皇，你快去吧，我今天就要当上教皇。"

丈夫说："不行，老婆子，我不愿意向比目鱼说！这样做不行，这太过分了，比目鱼是不会让你做教皇的。"

妻子说："老头子，少说废话，它能让人做皇帝，也就能让人做教皇。还不快去！我是女皇，你只不过是我的丈夫，难道你还不想去吗？"

渔夫害怕，又去了，但是他没有一点力气，浑身发抖，膝盖和小腿也直打哆嗦。忽然，平地刮起一阵大风，乌云从四面八方飞来，天变得像夜里一样漆黑，树叶从树上刮下来，海水在上涨，在翻滚，好像煮沸了似的，巨浪冲击着海岸。他看见远处有船只在浪尖上颠簸（diān bǒ），船上的人鸣枪求救。天空中间还有一点点蓝色，但是乌云四合，看来一场暴风雨即将来临。渔夫沮丧地站到海边，惶恐地说：

王子，王子，小王子，
海里的比目鱼，你出来吧，
我的妻子伊尔莎比尔
和我的想法不一致。

比目鱼说："那她还想要什么呢？"

渔夫说："唉，她要当教皇。"

比目鱼说："你回去吧，她已经当上教皇了。"

渔夫回去一看，那里有一座高大的教堂，周围尽是宫殿。他从人群中挤过去。教堂里点着成千上万支蜡烛，照得通明，他的妻子穿着纯金的衣服，坐在一个更高的宝座上，头上戴着三顶大金冠，周围站着许多大主教。她的两旁点着两排蜡烛，从大到小依次排开，最大的有如巨塔那么高那么粗，最小的就像厨房里用的蜡烛。所有的皇帝和国王都跪在她的面前，吻她的鞋。

渔夫仔细地看了她一会儿，说："老婆子，你当上教皇啦？"

妻子说："是啊，我是教皇。"

渔夫站在那里，又仔细端详着她，好像在看光辉灿烂的太阳。他看了一会儿，然后说："啊，老婆子，你当了教皇，可真美呀！"可是她笔直地坐在上面，像一棵树，纹丝不动。

渔夫说："老婆子，你现在当了教皇，该满足了吧？你再也不能当别的什么了。"

妻子说："我还要考虑考虑。"于是两人上床睡觉。可是妻子还不满足，欲望的冲动使她睡不着，她总是想，她还能当上什么。

丈夫睡得又香又实在，因为他白天跑了许多路；可是妻子怎么也睡不着，整夜翻来覆去，绞尽脑汁地想她还能当什么，可总也想不出来。后来太阳要升起来的时候，她看见了朝霞，忙从床上坐起来，透过窗户凝望着冉冉升起的太阳，想道：哈，难道我就不能让太阳和月亮升起吗？于是她用胳膊肘捅捅丈夫的肋骨，说："老头子，起来，你去向比目鱼说，我要和亲爱的上帝一样。"丈夫还没有完全醒，听见她这样说，吓得从床上掉下来。他以为是自己听错了，赶忙睁开眼睛，问："啊，老婆子，你说什么？"

她说："老头子，要是我不能让太阳和月亮升起，而必须看着它们升起，我就实在忍受不了啦；要是我不能亲自让它们升起，我就不会再有一刻安宁。"她凶狠地看着他，吓得他打了一个寒战。"你快去吧，我要和亲爱的上帝一样。"

丈夫跪在她的面前，说："啊，老婆子，比目鱼办不到，它只能让人做皇帝和教皇。我求你冷静点，还是做你的教皇吧！"

她听了大发雷霆，连头发都竖了起来；她猛地撕开自己的紧身胸衣，使劲踹了他一脚，喊道："我忍受不住了，我再也忍受不住了。你还不快给我去！"丈夫急忙穿上衣服，发疯似的跑去了。

外面狂风怒吼，吹得他几乎站不住脚。树木和房屋被刮倒了，山在震动，岩石滚进大海，天空漆黑一团，电闪雷鸣，大海掀起黑色的巨浪，像教堂的尖塔，像高高的山峰，浪尖上翻滚着白色的泡沫。渔夫大声喊道，连他也听不见自己的话：

王子，王子，小王子，
海里的比目鱼，你出来吧，
我的妻子伊尔莎比尔
和我的想法不一致。

比目鱼问："那她究竟想要什么呢？"

渔夫说："唉，她要和亲爱的上帝一样。"

"你回去吧，她又坐在她的破船里面了。"

于是他们就一直坐在破船里，直到今天。

灰姑娘

有一个富人，他的妻子病了，她觉得自己快不行的时候，就把她的独生女儿叫到床前，说："亲爱的孩子，只要你永远诚实、善良，敬爱的上帝就会帮助你，我也会从天上看着你，保护你。"她说完就闭上眼睛，死去了。女儿每天到她母亲的坟上去哭，她始终是那样的诚实和善良。冬天来了，雪像一块白毯子似的盖在坟上。当春天的阳光把白毯子扯下去的时候，富人又娶了一个妻子。

那个女人嫁过来时带了两个女儿，这两个女儿的脸蛋儿虽然长得又白又漂亮，可是心肠却又狠又毒。从此，那前妻的可怜的女儿就遭罪了。她们说："这个蠢（chǔn）丫头怎么可以跟我们一起坐在客厅里呢？谁要吃饭，就得自己去挣。你这个只配在厨房里使唤的丫头，快滚出去！"

她们夺走了她的漂亮衣服，给她穿上一件灰色的旧裙子，塞给她一双木屐（jī）。她们把她送进厨房，嘲笑着说："你们看，这个骄傲的公主打扮得多漂亮啊！"她在那里从早到晚干着繁重的活儿，天还没亮就起来挑水，生火，做饭，洗衣服。除此之外，那姐妹俩还变着法儿捉弄她，嘲笑她，她们把豌豆和扁豆倒在灰里，又叫她再拣出来。晚上她干活干得累了，也没有床睡觉，只好躺在灶（zào）旁的灰堆里。因此她总是满身灰尘，显得很脏，她们就叫她"灰姑娘"。

有一次，父亲要去赶集。他问两个继女，给她们带点什么东西回来。一个说："我要漂亮的衣服。"另一个说："我要珍珠和宝石。"他又问："你呢，灰姑娘，你想要什么？"

"爸爸，在你回家的路上，碰着你帽子的第一根树枝，你就把它折下来带给我。"

他给两个继女买了漂亮的衣服，珍珠和宝石。在回家的路上，他骑马路过一片绿色的丛林，一根榛（zhēn）树枝划了他一下，把他的帽子碰掉了。他就把那根树枝折下来带回家。到家之后，他把两个继女所要的东西给了她们，把那根榛树枝给了灰姑娘。灰姑娘谢过父亲，就来到她母亲的坟前，把榛树枝插在坟上，失声痛哭，流下的眼泪

把树枝都浇湿了。于是树枝长起来，变成了一棵美丽的小树。灰姑娘每天三次来到树下，哭泣和祷（dǎo）告，每次都有一只白色的小鸟飞到树上来，只要她说出一个愿望，小鸟就把她希望得到的东西扔下来给她。

有一次，国王要举行一个为期三天的盛大舞会，邀请国内所有漂亮的姑娘都来参加，好让他的儿子从中挑选一个做未婚妻。那姐妹俩听说她们也被邀请参加，非常高兴，忙喊来灰姑娘，说："给我们梳头，给我们刷鞋，给我们缝好皮

带扣环，我们要去国王的宫殿里参加舞会。”灰姑娘按照她们的话做了，可是她却哭了，因为她也想去跳舞，就恳求继母准许她去。继母说：“灰姑娘，你满身灰土和尘垢，也想去参加舞会吗？你没有衣服和鞋子，也想跳舞？”灰姑娘一再恳求她，继母最后说：“我把一碗扁豆倒进灰里，你要是两小时内能把扁豆重新拣出来，我就带你一起去。”

灰姑娘从后门来到园子里，喊道：

听话的鸽子、斑鸠（bān jiū），天上所有的鸟儿们，
你们都来帮我拣，好的拣在碗里，坏的吞进肚里。

于是，两只小白鸽从厨房的窗户里飞进来，后面跟着斑鸠，最后，空中所有的小鸟都成群结队呼呼呼地飞进来，落在灰堆的周围。鸽子点着头开始啄起来：嘣（bēng）、嘣、嘣、嘣，其他的小鸟也啄起来：嘣、嘣、嘣、嘣，把好的扁豆全拣到碗里。还不到一个小时，它们就已经拣完了，都飞了出去。灰姑娘端着碗去找继母，心里很高兴，以为这下可以去参加舞会了。但是继母说：“不行，灰姑娘，你没有衣服，不能跳舞；人家会嘲笑你的。”

灰姑娘哭了，继母又说：“如果你一个小时能把满满两碗扁豆从灰里拣出来，我就带你一起去。”因为她想这是她无论如何也做不到的。她把两碗扁豆倒进了灰里。灰姑娘从后门来到园子里，喊道：

听话的鸽子、斑鸠，天上所有的鸟儿们，你们都来帮我拣，好的拣在碗里，坏的吞进肚里。

于是，两只小白鸽从厨房的窗户里飞进来，后面跟着斑鸠，最后，空中所有的小鸟都成群结队呼呼呼地飞进来，落在灰堆的周围。鸽子点着头开始啄起来：嘣、嘣、嘣、嘣，其他的小鸟也啄起来：嘣、嘣、嘣、嘣，把好的扁豆全拣到碗里。不到半个小时，它们拣完了，又飞了出去。灰姑娘又端着碗去找继母，心里很高兴，以为这次继母会同意带她去参加舞会了。但是继母说：“一切都没用。你没有衣服，不能去跳舞。如果你去了，会给我们丢脸的。”她说完，不再理她，带着她那两个骄傲的女儿走了。

家里没有人了，灰姑娘来到榛树下她母亲的坟前，喊道：

小榛树，你动一动，你摇一摇，

请把金子和银子往我身上抛。

于是，小鸟给她扔下了金银做成的衣服，丝线和银线绣的鞋。她急忙穿上衣服，去参加舞会。她的继母和两个姐妹都没有认出她，以为她是一个陌生的公主，因为她穿上金衣服非常漂亮。她们根本没有想到会是灰姑娘，以为她还在家里穿着脏衣服，从灰里拣扁豆呢。王子走过来，拉着灰姑娘的手，同她跳舞。他不愿意再同别的姑娘跳舞了，拉住她的手不肯松开。如果有人邀请她跳舞，他就说："这是我的舞伴。"

跳舞跳到了晚上，灰姑娘要回家去。王子说："我陪你一起走，送你回去。"他想看看这位漂亮的姑娘是谁家的，可是灰姑娘逃脱了，跑到鸽子房里去了。王子只好站在那里等着，等到她父亲回来，王子告诉他，有一位陌生的姑娘跳进了鸽子房。她父亲想：难道是灰姑娘？但是他打开门，里面没有人。这时灰姑娘已经回到家，穿着她的脏衣服躺在灰里，墙洞里点着一盏昏暗的油灯。原来，灰姑娘敏捷地从鸽子房后面跳下去，朝小榛树跑去，到了那

里，她脱下漂亮的衣服，放在坟上，小鸟儿又把它们拿走了，然后她穿上她的灰裙子回到厨房，坐在灰里。

第二天，舞会又开始了，父母带着那两姐妹又走了。灰姑娘跑到小榛树下面，说：

小榛树，你动一动，你摇一摇，

请把金子和银子往我身上抛。

于是，小鸟儿又扔下来一件比前一天更漂亮的衣服。当灰姑娘穿着这件漂亮的衣服出现在舞会上时，每个人都为她的美感到惊奇。王子已经在那里等着，看见她来了，马上拉住她的手，单独同她跳舞。如果有人来邀请她跳舞，他就说："这是我的舞伴。"

到了晚上，灰姑娘要走了，王子跟在她后面，想看看她到谁家去。可是她又逃脱了，跳到房子后面的园子里去了。园子里有一棵美丽的大树，树上挂满了又脆又甜的梨，她像松鼠一样敏捷地爬到树杈上。王子不知道她跑到什么地方去了，就站在那里等着，等到她父亲回来，告诉他："那位陌生的姑娘又逃走了，我觉得她好像是爬到这棵梨树上去了。"父亲想：难道是灰姑娘吗？便取来梯子，爬到树上，可是上面没有人。他们来到厨房，看见灰姑娘像平时一样躺在灰里。原来，她从树的另一边跳下去了，小榛树上那只小鸟又把漂亮的衣服拿走了，她又穿上了她的灰裙子。

第三天，父母和那两姐妹又走了，灰姑娘再次

来到她母亲的坟前，对小榛树说：

小榛树，你动一动，你摇一摇，

请把金子和银子往我身上抛。

于是，那只小鸟又给她扔下一件衣服，这件衣服非常华丽，非常耀眼，她还从未穿过这样漂亮的衣服呢。当她穿着它出现在大厅时，所有的人都惊奇得不知说什么好。王子只和她一个人跳舞，如果有人来邀请她，他就说："这是我的舞伴。"

天黑了，灰姑娘要回去，王子想送她，可是她又十分敏捷地逃脱了，他没能追上她。不过这次王子用了一个计谋，他让人把整个楼梯都涂上柏油：当灰姑娘跑下楼梯时，左脚的鞋被粘掉了。王子捡起鞋一看，这鞋小巧玲珑（líng lóng），完全是金子的。第二天早上，王子拿着鞋去找那位富人，对他说："谁要是能穿上这只鞋子，谁就可以成为我的妻子。"那两姐妹听了非常高兴，因为她们有漂亮的脚。

大女儿把鞋拿进屋里去试，她的母亲站在旁边。可是她的大脚趾（zhǐ）塞不进去，这鞋对她来说太小了。

她的母亲递给她一把刀子，说："把脚趾剁（duò）掉！要是你做了王后，就用不着走路了。"女儿剁下脚趾，硬把脚塞进鞋里，忍着疼走出来见王子。王子把她当作自己的未婚妻，扶她上马，骑着马带她走了。但是当他们路过灰姑娘母亲的坟墓时，两只鸽子蹲在小榛树上叫道：

回头看，扭头瞧，
鞋里的鲜血往外冒；
这只鞋子实在小，
真的新娘还得回去找。

王子回头一望她的脚，看见血正往外流。于是他调转马头，把假新娘送回家，说她不是真的，叫另一个女儿来试鞋。二女儿拿着鞋走进屋子，还好，脚趾穿进去了，可是脚后跟太大。于是她母亲也递给她一把刀子，说："把脚后跟剁去一块。要是你做了王后，就用不着走路了。"

女儿把脚后跟剁去一块，硬把脚塞进鞋里，忍着疼走出来见王子。

王子把她当作自己的未婚妻，扶她上马，骑着

马带她走了。当他们从小榛树旁走过时，两只鸽子站在树上叫道：

回头看，扭头瞧，
鞋里的鲜血往外冒；
这只鞋子实在小，
真的新娘还得回去找。

王子往下一看她的脚，发现鞋里的鲜血直往外冒，把两只白色的袜子全染红了。于是他调转马头，把假新娘又送回去了。他说："这个也是假的，你们还有别的女儿吗？"

灰姑娘的父亲回答说："没有了。还有一个是我前妻生的，是个又瘦小又可怜的灰姑娘，她不可能是新娘。"

王子要把她喊出来，但是继母说："啊，不行，她太脏，见不得人。"可王子坚决要把灰姑娘叫出来。于是灰姑娘把手和脸洗干净，来到王子面前，向他鞠了一躬。王子把那只金鞋递给她。她坐在凳子上，脱下笨重的木屐，穿上那只金鞋，不大不小正合适。她站起来时，王子看见她的脸，认出她就是同自己跳舞的那个漂亮姑娘，叫道："这才是真正的新娘！"

继母和那两个姐妹大吃一惊，气得脸色发白。可是王子已把灰姑娘扶上马，骑马带她走了。当他们路过小榛树旁时，两只白鸽子叫道：

回头看，扭头瞧，
鞋里的鲜血没有了；
这只鞋子不大也不小，
真正的新娘找到了。

它们叫完之后，飞下来落在灰姑娘的肩上，右边一只，左边一只，永远站在上面。

灰姑娘同王子举行婚礼的时候，那两个坏心肠的姐妹也来了，想奉承她，分享她的幸福。新郎新娘向教堂里走去，姐姐在右，妹妹在左，鸽子把她们每人的眼睛啄掉了一只。随后，当她从教堂里出来的时候，姐姐在左，妹妹在右，鸽子把她们每人的眼睛又啄掉了一只。因为她们虚伪狠毒，她们受到了终生做瞎子的严厉惩罚。

小红帽

从前，有个漂亮的小姑娘，谁见了都喜欢她，可最最喜欢她的，还要数她的外婆，她简直不知道把什么东西送给她这个外孙女才好。一次，她送给她一顶红天鹅绒（róng）的帽子，她戴着非常合适，从此以后就再也不戴别的帽子了，所以大家都管她叫“小红帽”。

一天，妈妈对她说：“来，小红帽，这里有一块蛋糕和一瓶葡萄酒，你给外婆送去；她有病，身体虚弱，吃了可以恢复健康。趁天还不热，你就动身吧，到了外面要好好地、规规矩矩地走，不要离开大路，不然你跌倒了，摔碎瓶子，外婆就什么也吃不到了。你进外婆屋子的时候，要先问声早上好，不要东张西望。”

小红帽说：“这一切我都会好好地去做的。”然后她同母

一天，妈妈对她说："来，小红帽，这里有一块蛋糕和一瓶葡萄酒，你给外婆送去；她有病，身体虚弱，吃了可以恢复健康……"

亲握手告别了。

外婆家住在森林里，离村子有半个钟头的路。小红帽走到森林里，遇见了一只狼。她不知道狼是一种非常残忍的野兽，所以也不怕它。

狼说："小红帽，你好。"

"谢谢你，狼。"

"这么早你上哪儿去呀，小红帽？"

"去我外婆家。"

"你的围裙下面放着什么东西呀？"

"蛋糕和葡萄酒。蛋糕是我们昨天做的，外婆有病，非常虚弱，吃些好东西可以补一补身子。"

"小红帽，你外婆家住在哪里？"

"住在森林里，还有足足一刻钟的路，她的房子在三棵大橡树下面，四周是胡桃树篱笆，你一看就知道了。"小红帽说。

狼心里想，这个小丫头的肉又肥又嫩，比起那老太婆味道好多了。我要想个巧妙的办法，把她们两个都捉住。于是它在小红帽旁边走了一会儿，然后说：

"小红帽，你瞧，四周这些鲜花多美丽，你为什么不去看看呢？我觉得，小鸟儿叫得那么好听，你却根本没有听见。外面的森林里这样快乐，你却好像去上学的样子，只顾走自己的路。”

小红帽睁大眼睛一看：阳光透过树木，晃来晃去，好像在跳舞，到处都是美丽的鲜花。她想，要是我给外婆带去一束鲜花，她一定很高兴。天还早，我会准时赶到她那里的。于是她离开大路，到森林里去找花儿。

她每摘一朵，总觉得远处还有更漂亮的，就又跑去摘，这样越跑越远，最后跑到森林深处去了。

但是狼却径直走到外婆的房子前，敲了敲门。外婆问："是谁呀？"

"我是小红帽，给你送蛋糕和葡萄酒来了，开开门吧。"

"你按一下把手门就开了，"外婆喊道，"我身体太弱，起不来。"

狼一按把手，门弹开了。它一声不响地走到外婆床前，把她吞了下去。然后，它穿上她的衣服，戴上她的帽子，躺在她的床上，放下帐子。

小红帽这时还在到处跑着找花呢！她采集了许多鲜花，最后实在拿不动了，才想起外婆来。她又

上了路，继续朝外婆家走去。到了那里，她看见门开着，觉得很奇怪，走进屋子，也发现有点异常。她想，唉，我的天哪，我今天怎么了，这样心神不安？平时我来外婆家可是很高兴的呀！她喊了一声："早上好！"但是没人答应。于是她走到床前，把帐子拉开，看见外婆躺在那里，帽子戴得很低，遮住了脸，样子很奇怪。

"啊，外婆，你的耳朵为什么这样大？"

"为了更好地听你说话呀。"

“啊，外婆，你的眼睛为什么这样大？”

“为了更好地看你呀。”

“啊，外婆，你的手为什么这样大？”

“为了更好地抓你！”

“可是，外婆，你的嘴怎么大得这样可怕？”

“为了更好地吃你！”

这句话刚说完，狼就从床上跳下来，把可怜的小红帽也吞了下去。

狼满足了它的欲望，又躺回床上，睡着了，打起鼾（hān）来。刚好有个猎人从屋前走过，心想：老太太鼾声这样响，是不是有点不舒服，我得进去看看。他走进屋子，来到床前，看见狼躺在床上。他说：“你这个老坏蛋，我找了你好久，终于在这里找到你了。”他正要开枪，突然想到，可能狼把老太太吃了，也许她还有救，不能开枪，于是猎人用剪刀把熟睡的狼肚皮剪开。他剪了几下，便露出一顶小红帽子来，又剪了几下，小姑娘跳了出来，叫道：“哎呀，快把我吓死了，狼肚子里真黑呀！”随后，老外婆也出来了，她还活着，但几乎不能呼吸了。小红帽赶快搬来几块大石头，填在狼的肚子里。狼醒了，想逃走，但石头很重，压

得它倒在地上，很快就死了。

他们三个人都很高兴；猎人把狼皮剥下来，带回家去了，外婆吃了小红帽送来的蛋糕和葡萄酒，身体恢复了健康。小红帽想：以后我要永远听妈妈的话，再也不离开大路，一个人跑到森林里去了。

不来梅城的乐师

从前，有个人养了一头驴子。多年来，驴子不辞劳苦地往磨坊（mò fáng）驮口袋。后来，驴子年老力衰，越来越

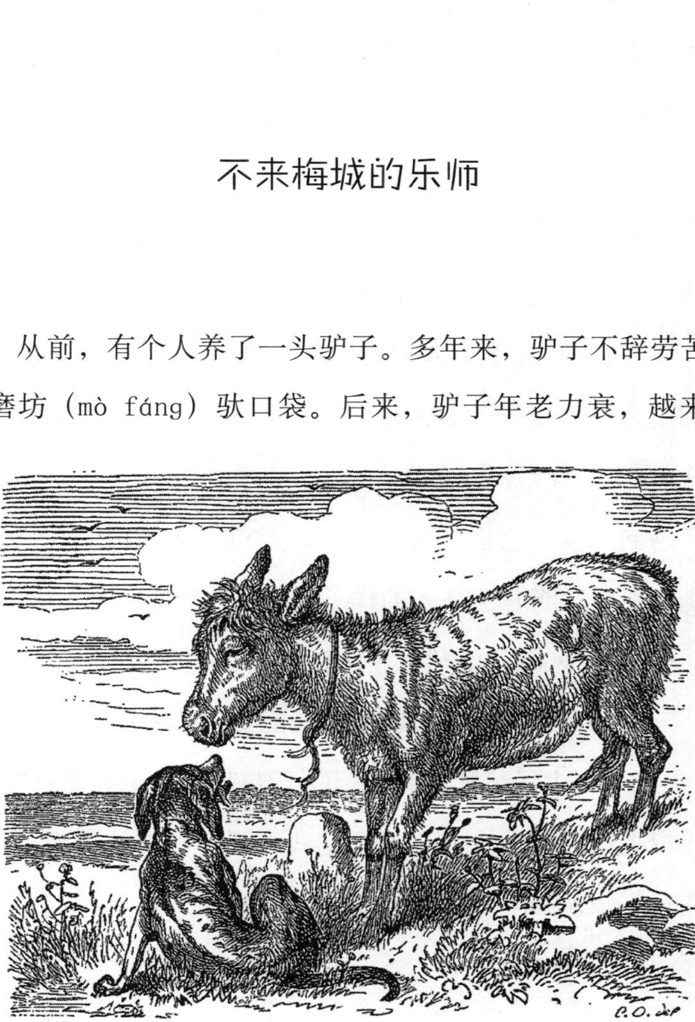

不能干活了，主人就想把它杀掉。

驴子听到风声不好，就逃了出来，朝不来梅城里走去。它想，它可以在那里做个乐师。它走了不大一会儿，看见一条猎狗躺在路上喘气，好像跑累了的样子。

驴子问："喂，猎狗，你怎么啦，这样唉声叹气？"

狗说："唉，我老了，一天比一天衰弱，不能再去打猎了，我的主人要把我杀死，我就逃了出来；可以后我怎么活呀？"

驴子说："你瞧，我现在到不来梅去，想在那里当个城里的乐师，你跟我一起去吧，让乐队也雇（gù）用你。我弹琉特[①]（liú tè），你打鼓。"

狗同意了，它们一起往前走。没过多久，它们看见一只猫坐在路旁，满脸不高兴的样子。

驴子说："喂，老胡子，你遇到什么不顺心的事啦？"

"一个人连生命都有了危险，还能快乐起来？"猫回答说，"因为我年纪大了，牙齿钝了，总喜欢躺在炉子后面打呼噜，不想捉老鼠，我的女主人就要把我淹死；我虽然逃跑了，可现在真不知道如何是好，我该到哪儿去呢？"

---

① 琉特：拨弦乐器，类似琵琶。

“跟我们一起去不来梅吧，你懂得夜间音乐，可以在那里当一名城里的乐师。”

猫认为这个主意不错，就跟它们一起走了。随后，三个逃亡者路过一户农家的院门时，看见一只大公鸡站在门上拼命叫喊。

驴子说 ：“你叫得这样可怕，有什么事吗？”

“我在预报好天气，”公鸡说，“可是因为明天是节日，有客人来，主妇心肠狠，她对女厨说，明天要拿我煮汤喝，叫女厨今天晚上就砍下我的脑袋。现在趁

我还没死，我就放开喉咙拼命喊叫。”

驴子说：“唉，你这红头，干脆跟我们一起走吧，我们去不来梅，无论到哪儿也比等死好呀。你有一副好嗓子，如果我们几个一起演奏音乐，一定很好听的。”公鸡同意了这个建议，于是它们四个一起往前走。

但是它们一天内到不了不来梅城，傍晚来到一座森林里，只好在这里过夜了。驴子和狗躺在一棵大树下面；猫和公鸡喜欢睡在树枝上，公鸡一直飞到树梢，那里对它最安全。公鸡睡觉以前，又往四周看了一遍，发现远处有一点亮光，就对它的同伴们说，不很远的地方一定有一所房子，因为那里亮着灯光。

驴子说：“那我们就动身到那边去吧，在这里过夜实在太糟糕。”

狗想，要是在那里能找到几块骨头或一点肉，倒也不坏。于是它们又上了路，朝着灯光的方向走去。没过多久，它们看见灯光亮了些，而且越来越亮。它们来到了一所灯火通明的强盗房子跟前。驴子最高大，它凑到窗户前往里看。

公鸡问：“你看见什么啦，灰马？”

“我看见的东西吗？”驴子回答说，“一张桌子铺着桌布，上面摆满了可口的饭菜和饮料，强盗们正坐在旁边大吃大喝呢。”

公鸡说：“这桌饭菜要是给我们准备的就好了。”

驴子说：“是的，是的，啊，但愿我们坐在那里！”

于是动物们商量，怎样才能把强盗赶走，它们终于想出了一个办法。驴子把前脚蹬在窗台上，狗跳到驴子的背上，猫再爬到狗身上，最后公鸡飞上去，站在猫的脑袋上。这样站好以后，它们发出一个信号，它们的音乐便一下响了起来：驴叫，狗吠，猫喊，鸡鸣。然后，它们从窗户冲进屋子，窗玻璃噼里啪啦碎了一地。强盗们听见这种可怕的声音，吓得跳起来，以为进来一个妖怪，慌忙逃到森林里去了。四个伙伴在桌子旁边坐下，凑合着吃那些剩下来的饭菜，好像它们已经饿了四个礼拜似的。

四个乐师吃完以后，熄了灯，每人按照自己的习性找一个睡觉的地方。驴子躺在粪堆上，狗卧在门后面，猫蜷伏在炉子边的热灰旁，公鸡蹲在屋梁上。它们走了很远的路，非常疲倦，很快就睡着了。

过了半夜，强盗们从远处看见屋里没有灯光，好像一切都平静下来了。强盗头子说：“我们不应该

瞎害怕。”于是他派一个人先去屋子里察看。派去的人发现一切都很安静，就走进厨房去点灯，他把火红的猫眼睛当成了燃烧的木炭，拿着硫磺（liú huáng）火柴去引火。但猫可是不懂得开玩笑的，便跳到他脸上又吐又抓。他吓了一大跳，想从后门跑出去，可是躺在那里的狗扑上来，在他腿上咬了一口。他跑过院子，经过粪堆旁边时，又被驴子狠狠地尥（liào）了一蹶（juě）子。公鸡被喧闹声从睡梦中吵醒，它抖起精神，从梁上向下叫道：“喔喔喔！”

那个强盗一口气跑回去，对他的头目说：“哎呀，屋里坐着一个可怕的巫婆，她向我吹了一口气，用她的长手指抓我的脸；门口站着一个男人，拿着一把刀，在我腿上捅了一下；院子里也躺着一个黑乎乎的庞然大物，用木棒向我打来；屋顶上还坐着一个法官，他喝道：‘把那个坏蛋带来！’吓得我赶快跑了。”

从此以后，强盗们再也不敢进那所房子了。四个不来梅城的乐师住在里面觉得非常舒适，再也不愿出来了。

从此以后，强盗们再也不敢进那所房子了。四个不来梅城的乐师住在里面觉得非常舒适，再也不愿出来了。

白雪公主

有一年隆冬时节，天空飘着鹅毛大雪。一个王后坐在黑油油的乌木框子窗边缝衣服。她一面缝，一面望着窗外的雪，一不留神，针扎破了手指，流出血来，有三滴血滴在了雪地上。鲜红的血映着洁白的雪，显得非常美丽，于是她想：但愿我能生一个孩子，皮肤像雪一样白净，像血一样红润，头发像乌木一样黑亮。

过了不久，她果然生下一个女孩，皮肤像雪一样白净，像血一样红润，头发像乌木一样黑亮，因此给她起名叫“白雪公主”。但是孩子生下来以后，王后却死去了。

过了一年，国王又娶了一个妻子。这是一个漂亮的女人，但是她傲慢，自负，容不得别人比她更漂亮。她有一面魔镜，每当她走到它前面照镜子时，她总是问：

墙上的小镜子，小镜子，
全国的女人数谁最美丽？

镜子回答说：

王后，全国数你最美丽。

她听了很满意，因为她知道，镜子讲的是真话。

但是白雪公主渐渐长大了，而且越长越漂亮，到了七岁的时候，她长得像晴天一样美丽，比王后还要漂亮。有一次，王后问镜子：

墙上的小镜子，小镜子，
全国的女人数谁最美丽？

镜子回答说：

王后啊，在这里数你最美丽，

但是白雪公主比你还要漂亮一千倍呢！

王后听了大吃一惊，妒忌（dù jì）得脸色发青。从此，她一看见白雪公主，就气得心发颤，恨得不行。妒忌和傲慢像一把野草，在她心中越长越高，使她日夜不得安宁。于是，她叫来一个猎人，对他说："你把这个孩子带到森林里去，我再也不想看见她。你必须杀死她，把她的肝和肺拿给我做凭证。"

猎人听从她的话，把白雪公主带走了。他抽出猎刀，刚要刺穿她那颗纯洁的心时，她哭了起来，说："啊，亲爱的猎人，你饶了我吧！我要跑到荒僻的森林里去，永远也不回家。"

因为她长得那样美丽，猎人起了怜悯之心，说："那你快跑走吧，可怜的孩子！"他想，野兽马上就会把她吃掉的。不过他确实觉得，心上的石头好像落了地，因为他用不着亲手把她杀死了。这时，正好有一只小野猪跑过来，猎人把它刺死，取出它的肝和肺，作为证物拿回去给王后看。这个狠毒的女人让厨师放了盐把它们煮熟，吃掉。她以为自己吃的是白雪公主的肝和肺呢。

可怜的孩子孤零零一人留在茫茫的林海之中，非常害怕。

她望着树上的叶子，不知道该怎么办。于是她奔跑起来，越过尖尖的岩石，穿过茂密的荆棘（jīng jí），许多野兽从她身旁跑过，但是它们没有伤害她。她拼命地跑啊，跑啊。傍晚的时候，她看见一所小房子，就走进去休息。

小房子里所有的东西都很小，但小巧玲珑，整洁干净。屋子中间放着一张铺着白桌布的小桌子，桌子上摆着七只小盘子，每只盘子里都有一把小勺子，另外还有七把小刀子、七把小叉子和七个小酒杯。靠墙并排放着七张小床儿，床上铺着雪白的床单。

白雪公主又饥又渴，就从每只小盘子里吃一点蔬菜和面包，又从每个小酒杯里喝一点葡萄酒，因为她不想把一只小盘子里的东西全部吃光。吃喝过后，她觉得非常疲倦，想在一张床上躺下，可是没有一张合适的，不是太长就是太短，直到第七张床才正好，她就躺在上面睡着了。

当天完全黑下来的时候，小房子的主人——七个小矮人回来了。原来他们进山采矿去了。他们点起七盏小灯，把屋子照得通明。他们发现有人来过，因为屋里所有的东西都不是他们离家时的样子了。

第一个小矮人说："谁坐过我的椅子？"第二个

小矮人说："谁吃了我盘里的东西？"第三个小矮人说："谁拿了我的面包？"第四个小矮人说："谁吃了我的菜？"第五个小矮人说："谁用了我的小叉子叉过东西？"第六个小矮人说："谁用了我的小刀？"第七个小矮人说："谁喝过我小酒杯里的酒？"

然后，第一个小矮人四下一看，发现他的床上有一个小坑，就问："谁在我的床上躺过？"其余的小矮人都跑过来，喊道："我的床也有人躺过。"第七个小矮人一看他的床，发现了白雪公主，她正躺在那里睡觉。他赶忙喊其他的小矮人，他们跑过来一看，惊讶得叫起来，取来他们的七盏小灯，一齐照着白雪公主。他们喊道："啊，我的天哪！啊，我的天哪！这个孩子怎么会这样漂亮呀！"他们非常高兴，没有叫醒她，让她躺在床上继续睡。第七个小矮人和他的同伴睡在一起，每人床上睡一小时，一夜很快便过去了。

早上醒来，白雪公主看见七个小矮人，大吃一惊。可是他们非常和气地问她：

"你叫什么名字？"

"我叫白雪公主。"她回答说。

"你是怎么到我们家来的？"七个小矮人又问。

她告诉他们，她的继母想叫人杀死她，但是猎人饶了她的性命，她跑了一整天，最后才发现了他们的小房子。小矮人们说：“如果你愿意给我们料理家务，做饭，铺床，洗衣服和缝缝补补，把一切都收拾得整整齐齐，干干净净，你就可以留在我们这里，我们不会亏待你的。”

白雪公主说：“好吧，我打心眼儿里愿意。”于是她就留下来了。她把家里整理得井井有条。早上，他们进山去找矿、找金子，晚上，等他们回来时，饭已经准备好了。整个白天，白雪公主一个人待在家里，善良的小矮人们警告她说：“你要提防你的继母，她很快就会知道你在这里，你千万不要让任何人进屋来。”

再说王后吃了“白雪公主”的肝和肺后，自以为她又成了全国第一美人。她走到镜子前，问：

墙上的小镜子，小镜子，
全国的女人数谁最美丽？

镜子回答说：

王后啊，在这里数你最美丽，
但是在遥远的山那边，
在七个小矮人那里的白雪公主，
比你还要漂亮一千倍呢！

她听了大吃一惊，因为她知道，镜子是不会说假话的。她明白了：原来猎人欺骗了她，白雪公主还活着。于是她又冥思苦索，想如何害死白雪公主。因为她不能成为全国第一美人，心中的嫉恨就难以消除。最后，她终于想出一个办法：在脸上涂上一种颜料，打扮成卖杂货的老太婆，让人完全认不出来。然后她翻过七座山，来到七个小矮人那里，敲着门喊道："卖好东西，快来买呀！"

白雪公主从窗口往外看，喊道："你好，亲爱的老太太，你卖什么东西呀？"

她回答说："好东西，漂亮的东西，各种颜色的带子。"她说着取出一根用彩色丝线织成的带子。白雪公主心想，这是个诚实的老太太，我可以让她进来，于是打开门，买了那根漂亮的带子。老太太说："孩子，你看上去多美呀！来，我帮你系上这根带子。"白雪公主看她没有恶意，就走到她面前，让她系那根新带子。但是老太太一下勒住她的脖子，越勒越紧，使她透不过气来，倒在地上，昏死过去。

“哼，我看你还美不美！”老太婆说完，急忙跑出去了。

傍晚时分，七个小矮人回到家里，看见白雪公主倒在地上，一动不动，好像死了一样，别提有多吃惊了。他们把她抬起来，看见她的脖子被紧紧地勒住，赶快把带子割断。她开始呼吸，渐渐地又活过来了。七个小矮人听她讲了发生的事情之后，说：“那个卖杂货的老太太不是别人，就是狠毒的王后。以后我们不在家，你千万要注意，别让任何人进来。”

那个恶毒的女人回到家以后，走到镜子前面，问：

墙上的小镜子，小镜子，
全国的女人数谁最美丽？

镜子像往常一样回答说：

王后啊，在这里数你最美丽，
但是在遥远的山那边，
在七个小矮人那里的白雪公主，

比你还要漂亮一千倍呢！

她听了大吃一惊，全身的血都涌上心头，她知道，白雪公主又活过来了。她说："现在我要想个办法，叫你彻底完蛋。"于是她用她所懂的妖术做了一把有毒的梳子，又把自己化装成另外一个老太太。她翻过七座山，来到七个小矮人那里，敲着门喊道："卖好东西，快来买呀！"

白雪公主望着外面说："你走吧，我谁也不让进来。"

老太太说："你看了东西就会把门打开的。"她取出毒梳子，高高地举起来。白雪公主非常喜欢这把梳子，简直被它迷住了，所以就把门打开了。她买下梳子以后，老太太说："让我好好给你梳一梳头。"可怜的白雪公主，什么也没想，就让她梳。可是梳子刚一插进她的头发，毒药就发生了作用，姑娘倒在地上，失去了知觉。

那恶毒的女人说："你这个大美人，现在可完蛋了吧！"说完就走了。幸亏不久天就黑了，七个小矮人回到了家里。他们看见白雪公主躺在地上像死了一样，马上怀疑又是她的继母来过了，就察看她的身上，发现了那把毒梳子。他们刚把梳子抽出来，白雪公主就苏醒过来，讲述了所发生的事情。他们又一次警告她，千万要注意，不要给任何人开门。

王后回到家，站在镜子前面，问：

墙上的小镜子，小镜子，
全国的女人数谁最美丽？

镜子像先前一样回答说：

王后啊，在这里数你最美丽，
可是在遥远的山那边，
在七个小矮人那里的白雪公主，
比你还要漂亮一千倍呢！

她听镜子这样一说，气得浑身发抖。她叫道：“就是赔上我的命，我也要叫白雪公主死。”然后她走进一间偏僻而无人到过的密室里，做了一个有剧毒的苹果。这个苹果外表看上去非常漂亮，就像白白红红的脸蛋儿，谁见了都想得到它，但是只要咬一口，马上就会死去。

苹果做成以后，她又在脸上涂了颜色，装成一个农妇，翻过七座山，来到七个小矮人那里。她敲敲门，白雪公主把头伸出窗外，说："七个小矮人不准我放任何人进来。"

农妇说："没关系，我的苹果快卖完了。喏，我送你一个苹果吧。"白雪公主说："不，我什么也不能要。"

"你怕有毒吗？"农妇说，"你看，我把苹果切成两半，红的一半你吃，白的一半我吃。"

原来这个苹果做得非常巧妙，只有红的一半有毒。白雪公主非常喜欢这个美丽的苹果，她看见农妇在吃，就再也忍不住了，伸出手来，拿走了有毒的一半。但是她刚咬了一口，就倒在地上死了。王后用凶狠的目光打量着她，大声笑着说："皮肤像雪一样白净，像血一样红润，头发像乌木一样黑亮！这次小矮人们再也救不活你了！"

她回到家里问镜子：

墙上的小镜子，小镜子，

全国的女人数谁最美丽？

镜子终于回答说：

王后啊，全国数你最美丽。

于是她的忌妒心平静下来，就像一颗忌妒的心所能得到的平静那样。

傍晚，小矮人们回到家里，发现白雪公主躺在地上，嘴里不再冒气，已经死了。他们把她抬起来，看能不能找到有毒的东西。他们给她解开带子，给她梳头，用水和酒给她擦洗，但是一切都无济于事，可爱的孩子死了，永远地死了。他们把她放在一副尸架上，七个人围坐在四周，痛哭起来，一连哭了三天。他们想把她埋掉，但是她看上去还像活人一样，红红的面颊，十分美丽。他们说："我们不能把她埋在黑暗的地下。"于是他们用玻璃做了一副透明的棺材，把她放在里面，棺材上用金粉写着她的名字，注明她是一位公主。然后他们把棺材抬到一座山上，他们中间总有一个人留在那里，守护着它。另外还有几只鸟也飞来哭白雪公主，起初来了一只猫头鹰，接着来了一只乌鸦，最后来了一只小鸽子。

白雪公主在棺材里躺了很久很久，她的身体始终没有腐烂，看上去好像睡着了一样。因为她的皮

肤还是像雪那样白净，像血那样红润，头发还是像乌木那样黑亮。有一天，一个王子骑马来到森林里，在七个小矮人的家里过夜。他看见山上放着那口棺材，里面躺着漂亮的白雪公主,上面写着金光闪闪的大字。于是他对七个小矮人说:“把这口棺材卖给我吧，你们想要什么，我给你们什么。”

但是七个小矮人回答说 :“你把世界上所有的金子给我们，我们也不卖。”

王子说 :“那就把它送给我吧，因为看不见白雪公主，我就活不下去。我要尊敬她，把她当作我最亲爱的人。”听他这么一说，善良的小矮人们非常同情他，就把棺材送给了他。王子让他的仆人们把棺材抬走。不料走到半路，他们被灌木丛绊了一跤，棺材猛地一颠，白雪公主吃下去的那口毒苹果便从喉咙里吐了出来。过了不久，白雪公主睁开眼睛，推开棺材盖，坐了起来。她又活过来了。

“啊，我的天哪，我这是在哪儿呢？”她叫道。

王子非常高兴地说 :“你在我这儿呀。”他讲述了事情的经过，并说 :“我爱你胜过世界上的一切，跟我一起到我父亲的宫殿里去吧，我要娶你做我的妻子。”白雪公主也很喜欢他，就跟他走了。他们举行了婚礼，婚礼办得非常豪华，

王子让他的仆人们把棺材抬走。不料走到半路，他们被灌木丛绊了一跤，棺材猛地一颠，白雪公主吃下去的那口毒苹果便从喉咙里吐了出来。过了不久，白雪公主睁开眼睛，推开棺材盖，坐了起来。她又活过来了。

非常热闹。

白雪公主的继母也被邀请参加婚礼。她穿着漂亮的衣服，走到镜子前面，问：

墙上的小镜子，小镜子，
全国的女人数谁最美丽？

镜子回答说：

王后啊，这里数你最美丽，
但是王子的新娘比你还要漂亮一千倍呢！

那恶毒的女人气得不得了，咒骂起来。她起初本来不想去参加婚礼，但是她的心平静不下来，她一定要去看看，王子的新娘究竟有多漂亮。

她走进王宫，一眼便认出了白雪公主，吓得愣在那里，呆若木鸡。她那颗恶毒的心也因此而破裂，她倒在地上死了。

以上六篇为仝保民译

渔夫与魔鬼[①]

从前有个上了年纪的渔夫，家里除了他和老婆外，还有三个儿女。一家五口，全靠他打鱼为生，勉强度日。

一天中午，渔夫到了海边。他的习惯是每日只打四网，无论得鱼多少，都收网回家。他撒下第一网，过了一会儿往上拉，网很重，拉不动，他便在岸上打了一根木桩，把网绳系在桩上，然后脱掉衣服，潜进水里，使足力气把渔网顶上来。原来网里躺着一头死驴！他感到很丧气，准备收网回家，但是想到一家老小都在等着他带回食物，只好打消念头。歇息片刻，他将死驴扔掉，撒下了第二网。

过了好一会儿，他才往上拉网，这一次比上一

① 本篇故事和下篇故事选自《一千零一夜》，本篇有删节。

次还重。他只好再进入水里，把网拖上岸。网里照样没有鱼，只是横着一个满是淤（yū）泥的大瓮（wèng）。他越发忧伤，嘴里念道："不幸的命运啊，到此为止吧！真主发发慈悲，给我或多或少弄点东西糊口吧。"

他噙着眼泪，又将那与他命运攸关的渔网第三次撒向大海，这次捞上来的却是石头和棍棒。他又惊愕又悲哀地摇摇头，向天喊道："我的真主啊，我每日只打四网鱼，这是您知道的，今天我已三次撒网，可还没有打上一点点我们能够糊口的东西。真主啊，您可怜可怜我，给我一条生路吧！"

他抱着渺茫（miǎo máng）的希望撒下第四网，但不敢轻易往上拉，害怕又拉上什么想象不到的东西。过了很长时间，他才把网拉上来，里面还是没有鱼，只有一个胆形的黄铜瓶。瓶口是密封的，上面盖着苏莱曼王的印章。渔夫很高兴，因为这个瓶子拿到市场上去能卖十枚金币。他拿起瓶子摇了摇，沉甸甸的，似乎装着什么东西。他想：说不定里面装着金子呢！于是，他抽出插在腰带上的小刀，撬（qiào）去紧封瓶口的铅块，拔去盖子。突然，瓶中冒出一股青烟，慢悠悠地升到空中，飘散在左右，弥漫在眼前。

渔夫还没明白是怎么回事，青烟又逐渐凝聚，变成了一个魔鬼。他高大无比，顶天立地，眼似灯笼，嘴似山洞，腿似桅杆，手似铁叉，样子非常凶恶可怕。渔夫一见，吓得毛骨悚然，浑身打战，不知如何是好。停了一会儿，魔鬼弯下

身来说："苏莱曼的使者。您别杀我呀，以后我再也不敢违背您的命令了！"

渔夫听了这句没头没脑的话，鼓足勇气说："你说什么呀，妖怪？苏莱曼已经逝世一千八百多年了，我们现在早已不是他的时代。你怎么了，为什么在这个瓶子里待了这么久？"

听了此话，魔鬼转悲为喜，一反刚才卑怯（bēi qiè）乞怜的语气，盛气凌人地说：

"渔夫，我给你报喜来了！"

"给我报什么喜？只愿你能够帮助我解决一家老小的生计问题。"渔夫听了魔鬼的话有些高兴。

"给你报我马上杀死你的喜。不过死法让你自己选择。"

"我把你从海里打捞出来，然后又把你从'囚牢'中解放出来。我给了你自由，你反而要杀我，你为什么要恩将仇报？"

"告诉我吧，你打算怎么死法，我马上就要执行了！"

"难道我不能问一问我到底犯了什么罪，以致我要为它丧命吗？"

"好吧，你听完我的故事就明白了！"

"你讲吧，简单点，我的心都快碎了。"

"我叫萨赫尔，本是一个天神，曾违背苏莱曼的教规，和他作对。他愤怒之下派他的宰相把我抓去。他规劝我改邪归正，服从他的指教。我不肯，仍坚持己见，他便把我囚禁在这个瓶子里，封上瓶口，盖上他的印章，扔到海底。许多年过去了，我一直没有办法恢复自由。这时我想，谁要是救了我，我一定报答他，让他终生富贵。几百年过去了，没有人来救我。这时我又想，谁要是救了我，我给他开发地下宝藏，满足他的一切要求。我又等了四百年，还不见有人来救我。于是我大怒，暗自说道：‘谁要是在这个时候启开我的牢狱之门，我便向他打开死亡之门，不过我让他自己选择死法。’渔夫，既然你今天打开了这个瓶子，那你就自己选择个死法吧！”

“人们都是用好处来报答别人的恩德，我救了你的性命，你却要杀我，从道理上讲得过去吗？”

“有什么办法？谁让你在我发誓报复以后救我，而没在我许愿报恩时救我呢？这是你命中注定的！”

“贫困可由富足解决，狭隘（xiá ài）可由宽大改变，惩罚可由原谅了事。请你看在我救你的面上，饶恕我吧，几个孩子还需要我养活呢。”

“这不可能，现在我给你点时间让你考虑个死法。”

渔夫想："古人说得好：'当心恩将仇报'。现在面对这个恩将仇报的魔鬼，我必须用计谋拯救自己。安拉既然赋予(fù yǔ)我思想，作为一个堂堂的人类，我就应该用计谋和智慧，去战胜魔鬼的凶恶和邪气！"

想到这里，他对魔鬼说："凭着刻在苏莱曼戒指上的大名发誓，我要向你提出一个问题，你必须如实回答！"

魔鬼一听到苏莱曼的大名就惶恐不安，说："你说吧，我如实回答。"

"我不能相信当初你是待在这个又细又小的瓶子里的。因为你的个子又高，块头又大，按理说它容不下你的一只手，更容不下你的一条腿，怎么能容下你整个身体呢？你必须让我相信，我才让你杀我。"

"你怎么才能相信呢？"

"让我亲眼见到你是如何钻进去的。"

"好吧！"魔鬼答应一声，立即缩成一团，变成一股青烟，徐徐钻入瓶内。最后一丝烟云刚刚在空间消失，渔夫便迅速拾起带有铅封的盖子将瓶口紧紧塞住，然后大声喊道：

"忘恩负义的魔鬼，我要把你扔回大海，让你永生永世待在这个瓶子里，不见天日！我还要告诫所有到这里来打鱼的人，这里有个魔鬼，谁要是救了他谁就会倒霉。”

魔鬼后悔不已，哀求渔夫说：“求你放我出去吧，我一定报答你。”

“该死的魔鬼啊，我不能相信你的话！我曾给你带来自由，你却要置（zhì）我死地。”

说完，渔夫把瓶子一脚踢进大海里。

阿里巴巴与四十大盗

卡希穆和阿里巴巴

很久以前，在波斯一座城市里住着两兄弟，老大叫卡希穆，老二叫阿里巴巴。卡希穆非常富有，阿里巴巴非常贫穷。

早先，卡希穆和他弟弟一样也是一个穷人，但后来他娶了一个富商的女儿。这个女人从她父亲那里继承了一大笔遗产，卡希穆与她结婚后继续经营生意，不久就赚了许多钱，一跃而成为富翁。

而阿里巴巴的妻子，则是一个出身贫苦的女人。两人的全部财产，除了一所供起居的茅舍外，就是三头毛驴。每天早晨，阿里巴巴赶着三头毛驴去林中砍柴；傍晚，他进城把柴卖掉，再买点吃的和用的东西回家。

卡希穆是个无情的人，尽管他非常富有，但从来没有接济过弟弟一分钱。他的妻子更是吝啬（lìn sè），对小叔子的家境不仅不同情，甚至还讽刺奚落（xī luò）他。

在森林里

一天，阿里巴巴像往常一样赶着三头毛驴进了森林。他砍了三大捆柴。正当他准备往驴背上放柴时，不远处突然传来一阵嘚嘚的马蹄声。紧接着眼前风尘弥漫，一支马队向他这边疾驰而来。阿里巴巴非常害怕，迅速把毛驴拴在林中的一棵大树下，自己爬上了树梢，隐藏在茂密的枝叶间，直到深信不会被下边的人发现，才定下心来。

片刻后，一支马队在附近停下，阿里巴巴在树上数了数，一共四十个人。他们翻身下马，大声吆（yāo）喝说话。从他们的谈话中，阿里巴巴听明白了，这是一伙强盗，刚刚抢劫了一支商队，夺得不少物品。

阿里巴巴还看见，一个上了年纪的强盗——显然是这支队伍的头领，走到近处的一座山前，冲着一块大石头说：

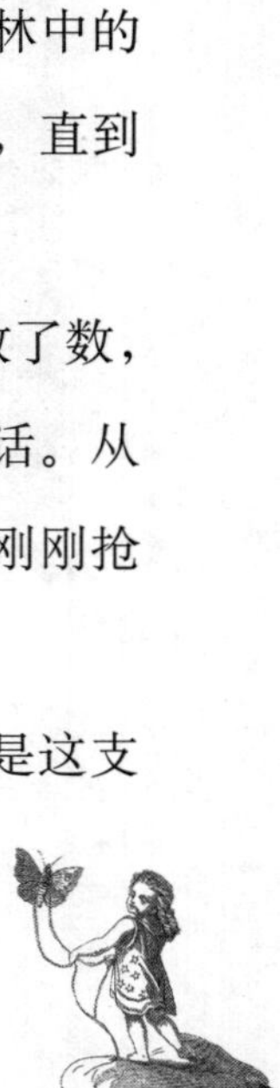

阿里巴巴非常害怕，迅速把毛驴拴在林中的一棵大树下，自己爬上了树梢，隐藏在茂密的枝叶间，直到深信不会被下边的人发现，才定下心来。

“芝麻开门！”

巨石立即分开，露出一个洞来。强盗们鱼贯而入，过了一会儿又一个一个走了出来。强盗头领又说：

“芝麻关门！”

巨石恢复了原状，与其他山石连接在一起，就像从来没有分开过一样。随即，强盗们跨上马，又从原路扬长而去。

芝麻开门

阿里巴巴对眼前所发生的一切感到万分惊奇。他想：“这个山洞里一定藏着这伙强盗抢劫和偷盗来的全部金银财宝。现在我已知道了打开这个山洞的暗语，我要去试验一下，打开它看看里面到底都有些什么宝贝。”

这样想着，他从树上溜下来，走到巨石前。他喊道：

“芝麻开门！”

石头果然应声而开，露出洞口。阿里巴巴走了进去，立即被眼前的景象惊呆了。这里有一堆堆码到洞顶的丝绸、锦缎和彩色毡毯；无以数计的金币银币，有的装在袋子里，有的散落在地上；满筐满箩（luó）的珍珠、

宝石和各种首饰；各类金银器皿（qì mǐn）和珍贵宝物。阿里巴巴一生中从来没有见过这么多好东西。此刻他看得眼花缭乱，不知所措。他担心强盗们重返山洞，抓住他，要他的命，于是赶紧装了三头毛驴能够驮得动的金币，匆匆跑出山洞。随后他说了一声：

“芝麻关门！”

石头又回到了原地。为了不使路人发现，阿里巴巴用柴草盖住钱袋。

泄　密

阿里巴巴回到家里，他妻子看见这么多金币，大惊失色。她以为这是丈夫偷来的，非常害怕。

“你从哪儿弄来这么多钱？”她问。

阿里巴巴向她讲述了事情的经过，妻子才放下心来。她高兴极了，因为她做梦也没想到她家会得到这么多金币。她打算数数这些金币，可是数量太多，怎么数也数不清。于是她吩咐丈夫说：

“你先在院子里挖一个坑，我一会儿就回来。”

“你到哪儿去？”

“我到你哥哥家去借个升，量量我们到底有多少金币。”

“不用了，我们把金币埋在一个地方算了。”阿里巴巴阻拦说，他不愿走漏消息。

妻子非常固执，还是去了卡希穆家。卡希穆不在家，她便向卡希穆的妻子借升。多心的女人想知道她要量什么东西，便在升底抹了一点儿蜂蜜。

阿里巴巴的妻子将升拿回家时，阿里巴巴已经挖好一个大坑在等她。她量毕金币，把它们倒进坑

里，最后两人用土把坑口盖好。

阿里巴巴的妻子又去将升送还给卡希穆的妻子。可是她没有想到，一枚金币沾在升的底部。当卡希穆的妻子接过升时，立即发现了那枚金币。她先是大吃一惊，心犯狐疑（hú yí），紧接着妒火中烧，咬牙跺脚地发誓，非要把事情弄个明白不可。

卡希穆逼迫阿里巴巴

卡希穆的妻子找到丈夫，大发脾气说："你弟弟阿里巴巴把我们骗啦！他成天在我们面前装穷，说他没粮没钱，其实他比我们要富一千倍！"

卡希穆丈二和尚摸不着头脑，不知这话从何说起。妻子见他好像不信，又说："他借我们的升量金币了！"然后拿出那枚沾在升底的金币给他看，并把事情的原委告诉了他。卡希穆顿时火冒三丈，忌妒、羡慕、恼恨交织在一起，使他不顾一切地奔到阿里巴巴家，逼他说出金币的来历。

阿里巴巴是个老实人，心地十分善良。他有什么并不愿瞒着哥哥，可是他清楚哥哥是个爱财如命的人，如果告诉他金币的底细，他一定会到山洞中去拿，这样就很有可能闯出大祸。于是他对哥哥说：“哥哥，我们两家平分这些金币吧！”

可是卡希穆不满足，声色俱厉地说：“你一定要告诉我从哪儿弄来的金币，否则我到法官那儿去告你，让他们用武力没收你的钱财，把你关进监狱！”

“我不怕法官，”阿里巴巴说，“因为这些金币并不是我偷来的。我是爱你和忠实于你的，我可以把得到金币的办法告诉你，即使你把所有的金币都拿去我也没意见，因为你是我的同胞兄弟。我只是担心，你去了宝库，一旦碰上强盗，他们就会抓住你，杀死你的！”

卡希穆一想到闪闪发光的金币，什么危险也不顾了。他从阿里巴巴那里知道了路途，立即回家备好了十头骡子，然后赶着它们向强盗的宝库出发了。

在强盗的宝库里

卡希穆按照阿里巴巴的指点，来到那座山前。他找到那块巨石，大声说：

“芝麻开门！”

随着喊声，巨石豁然分开，向两边移去，露出了洞口。卡希穆喜不自禁，走了进去，他怕路上有人经过，看见洞口，于是回头说：

“芝麻关门！”

门便在卡希穆身后关上了。他看着洞里堆积如山的金银财宝和绫罗绸缎，几乎惊呆了。他只是呆呆地望着，忘了时间，忘了地点，甚至忘了自己。过了好久，他才如梦初醒，开始挑选财宝。又过了好几个小时，他挑出足够十头骡子驮的东西，才准备返回。可是他忘了开门的暗语，费了很多脑子也没想起来。他试着说了一声：“大麦开门！”门纹丝没动。他越发惊恐不安，又说：“豌豆开门！”门还是没开，他又说：“燕麦开门！小麦开门！扁豆开门！蚕豆开门！”直到他把属于豆麦谷物之类的各种名称全部说了一遍，也没想起芝麻来，洞门还是关得紧紧的。

这时，卡希穆相信自己必死无疑了。他知道，这是他贪心的结果，但是后悔已经来不及了。

卡希穆之死

正在这时，强盗们来了。他们见洞外有十头骡子，非常吃惊。强盗头领猜到准是有人进了宝库，于是连声大叫：

“芝麻开门！芝麻开门！”

卡希穆听见叫声，才恍然想起暗语，可是已经晚了。

洞门大开，他看见了一伙怒气冲冲、持刀握剑、凶神恶煞（shà）般的强盗。他想逃跑也不行了，强盗们站在洞口，犹如一道铁墙，堵住了他的去路。他下意识地向后退去，结

果被一个强盗一刀砍下了脑袋。紧接着，愤怒的强盗们又把他的尸体砍成四段，挂在洞内的四个角落，以警告他的同伙——那些企图进入宝库索取财物的人们。

一切安排妥帖（tuǒ tiē），强盗们走出洞外，跨上马扬长而去。

卡希穆的尸首

晚上，卡希穆没有回家。他妻子坐卧不宁，吃喝无味。她担心丈夫遭了不幸，于是匆匆来到阿里巴巴家，将丈夫自从早晨出去直到现在未回的消息告诉给阿里巴巴。阿里巴巴也很不安，他担心哥哥身遭祸患（huò huàn）。但他在嫂子面前没有流露不安情绪，只是说：“也许哥哥为了不让过路人看见，先躲进森林里，等夜里再回来吧。”

卡希穆的妻子稍稍放下心，可是时至半夜，丈夫仍然未归，她越想越害怕，又跑去找阿里巴巴。阿里巴巴劝她等到早晨，而他自己赶着三头毛驴悄悄去了宝库。一进宝库，他就看见了卡希穆被砍成四块吊在洞内的尸首，非常伤心，忍不住大哭。过了一会儿，他镇静下来，知道这样哭无济于事，于是把哥哥的尸体取下，装进口袋，放在驴背上，又装了两袋财物，分别让其他两头毛驴驮着，向家里走去。

埋葬卡希穆

阿里巴巴赶着毛驴到了哥哥家，他嫂子见了丈夫的尸体痛哭不已，阿里巴巴好言劝慰了很长时间，才稍稍平息。阿里巴巴对嫂子说：“现在哭也没有用，我们应该商量商量如何埋葬哥哥，既不被人怀疑，又不能让强盗知道，否则强盗找上门来，我们全家都没命了！”

“我们该怎么办呢？”卡希穆的妻子没了主意。

卡希穆家有个忠实而聪明的女奴，名叫麦尔佳娜。听了他们两个人的对话，她说：“我去药店买药，就说老爷病危，快死了。”

次日早晨，麦尔佳娜去了一家药店。老板问她买什么药，她说：“我家老爷卡希穆突然得了重病，不吃也不喝，看样子生命都保不住了，有什么药能够救急吗？”

老板卖给她一剂药，她急忙跑回家。第二天，她又来到药铺，买了一剂药，并愁眉苦脸地对老板

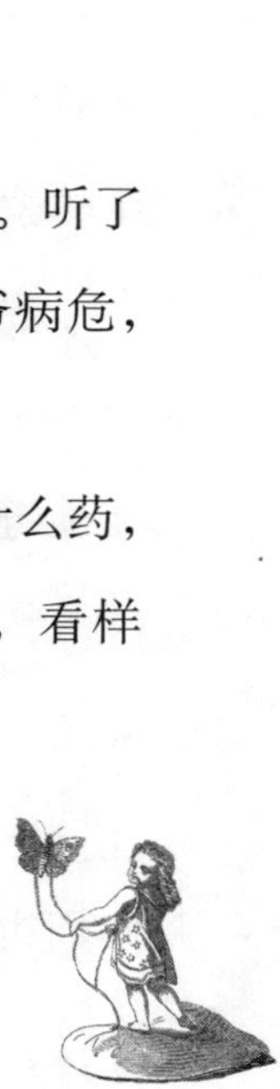

说："我担心他连这剂药都吃不完就咽气了。"

晚上，卡希穆家传出举哀（jǔ āi）、哭泣声，街坊四邻听了，无人怀疑，因为这两天他们总看见阿里巴巴和他妻子在他哥哥家跑进跑出。

"我们怎样将他装殓（liàn）啊？尸体还是一块一块的呢！"卡希穆的妻子又提出一个难题。

"我给你们找一个缝尸匠来！"麦尔佳娜说。

她很快跑到一家缝纫店，找到老板，给了他两个金币。老板是一个技术高超的老裁缝，名叫巴巴·穆斯塔发。他见了金币，很是高兴，忙问姑娘有何事相求。姑娘说明来意，老板乐意效劳，于是随姑娘向家中走去。快到家时，麦尔佳娜用一块手帕蒙住穆斯塔发的眼睛，把他领到停放卡希穆尸体的房间。

麦尔佳娜给裁缝揭去手帕，裁缝动手缝尸。他动作熟练，很快便把凌乱的尸首连成一体。麦尔佳娜又给他一枚金币，要他缝一件殓衣。裁缝见钱眼开，立即动手缝起来。

干完活，麦尔佳娜又用手帕蒙住裁缝的双眼，把他送出好远，直到相信他再也找不到原地了，才为他解开手帕。

次日，讣告发到卡希穆朋友手里，朋友们赶来吊丧，妇女们也都来安慰卡希穆的妻子。丧礼办得十分得体。

几天以后，因卡希穆家无人照顾，阿里巴巴便搬到了他哥哥家，继续经营哥哥的生意，并负责抚养教育侄儿。

巴巴·穆斯塔发和强盗

当强盗们再一次来到他们的宝库时，发现卡希穆的尸体不翼而飞。

“准是他的同伙将尸体偷走了！”他们说。于是，头领派出一个强盗去城里寻找偷尸者。

强盗到了城里，找了一天一夜，也没找到线索。黎明时分，他经过巴巴·穆斯塔发的店铺前，见穆斯塔发正坐在铺里干活，便走上前去致意，并大惊小怪地问：

“天还没亮，怎么就干起活来了，你看得见吗？”

穆斯塔发得意地说：“安拉赐给我一双好眼睛，昨天，我还在一间黑黑的屋子里缝了一具被砍成几段的尸体呢，眼睛根本不感觉累！”

强盗一听，喜出望外，使用各种伎（jì）俩套出了裁缝与麦尔佳娜之间发生的一切，然后塞给穆斯塔发一枚金币，让他领着去看看那所房子。穆斯塔发说：“我

也不知道那所房子在哪儿，因为当时那姑娘用手帕蒙住了我的眼睛。”

“你跟我走，说不定我们能够找到呢！”强盗说。

穆斯塔发跟着强盗走了一会儿，在一个地方停下来，他说：“到这儿我就不知道路了。”

强盗掏出一块手帕蒙住他的双眼，说：“跟着我走，估计一下你跟那姑娘走的路程。”

穆斯塔发本是个聪颖敏捷的人，在强盗的牵引下，他边揣测边摸索。一会儿，他突然停下来大声说：“就在这儿！”

强盗在如今是阿里巴巴的住宅前用白色粉笔画了个×，作为记号，然后匆匆回到队伍中，汇报了情况。

麦尔佳娜的智慧

强盗和裁缝刚刚走开，麦尔佳娜便走出家门办事。无意间，她发现了门上的记号，大为惊讶。她立即明白了是怎么回事，于是心生一计，拿出粉笔照着那个记号在附近每家门上都画了一个。

夜里，强盗们出动全队人马前去抓人，可是他们发现街上每家门上都有个×，不仅颜色一致，连位置也一致，那个画记号的强盗也被搞糊涂了。强盗们只好悻(xìng)悻而返。

回到驻地，强盗头领大为恼火，一刀砍了那个没用的家伙。他又派出第二个强盗去找巴巴·穆斯塔发。这次，强盗在阿里巴巴的院门上画了个红色记号。不料，又被麦尔佳娜发现了。她又照样子在各家门上画了个红色记号。

夜里，强盗们来抓人，一切又都乱了套。回到驻地，强盗头领又结果了第二个强盗的性命。

强盗头领亲自去找巴巴·穆斯塔发，让他领到阿里巴巴的家门前。他在门前站了许久，暗暗记下住宅的每一个特征，直到相信不会弄错了才离去。

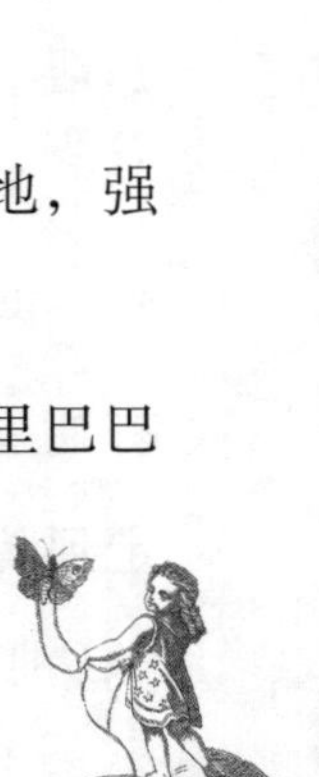

麦尔佳娜和强盗

强盗头领回到驻地，找来四十个大罐（guàn）。三个里面装满油，其他三十七个，每个里面潜伏一个强盗。他把四十个大罐放在二十头骡子背上，自己装扮成卖油商。他与部下商定，以他投石为信号，他们便从罐中出来，先结果对手的性命，然后搜查财物，把丢失的东西全部夺回来。一切布置妥当，他便赶着牲口向阿里巴巴的住宅出发了。

到了阿里巴巴的住宅，强盗头领上前敲门。他对阿里巴巴自我介绍说，他是卖油商，是卡希穆的朋友，每年都要到这里来做客，他希望阿里巴巴今夜留他在此住一宿。

好心的阿里巴巴听信了强盗头领的话，把他请进屋去，并帮他将四十个大罐卸在院子里。

阿里巴巴热情招待客人，陪他吃喝谈话。谈话进行到很晚，两人还没有睡意。这时，麦尔佳娜发现她房间里的灯没有油了，便拿起油壶倒，可是油壶里也空了。她想了想，便走到院子里，打开客人带来的一个大油罐。她刚要伸手舀油，突然听见里面有轻微的响声，吓了她一跳。她赶忙盖上盖子，又打开了另一个大油罐，听见里面也有轻微的响声，而且好像是人呼吸的声音。她越发惊奇，揭开每一个罐子察看，只有最后三个没有声音。凭着她的聪明，她明白了，这是强盗们耍的奸计！她不动声色地舀了一大锅油，放在火上煮沸，然后倒进每个罐子里。强盗们一个个都被烫死了。

深夜，万籁俱寂，阿里巴巴睡着了。强盗头领见时机已到，向院子里投出了一粒石子。见没有反应，他又投了第二粒、第三粒，仍然不见有一个部下爬出罐子。他生气地跑到院子里，揭开一个盖子，一股浓烈的油味扑鼻而来，他很惊愕，伸手摸了摸，竟是一具冰凉的尸体。他又打开第二个、第三个……直至最后一个。全部如此！他气恼到极点，搞不清楚到底是怎么回事，一时失去了理智，疯疯癫（diān）癫地向山里跑去。

翌日早晨，阿里巴巴一直不见客人起床，心里很纳闷，便询问他的女仆。麦尔佳娜说："他哪里是什么油商，他是强盗头领，是来杀我们的！"

阿里巴巴迷惑地望着她，似乎不相信。麦尔佳娜把他带到油罐前说："你打开看看里面装的是什么就知道了！"

阿里巴巴打开一看，倒抽了一口气，下意识地向后退去。麦尔佳娜说："别怕，他们都已经死了。"

接着，她向阿里巴巴讲述了烫死强盗们的经过。

阿里巴巴异常欢喜，连连赞扬麦尔佳娜的机智和勇敢。麦尔佳娜说：“这有什么？这是我应尽的义务！”随后又说，“我们应赶快把他们埋掉，以免秘密泄露出去。”

于是，阿里巴巴带领男仆来到后花园，挖了一个很大的坑，把三十七个强盗的尸体扔了进去，然后埋好，把地面弄平，显得和先前一模一样。

强盗头领之死

强盗头领跑到山里，钻进山洞。他双眼冒火，精神失常，每天在洞里大喊伙伴们的名字，可是再也听不到一声回答。他号啕大哭，顿足捶（chuí）胸，揪自己的头发，打自己的脸颊，也无从发泄他满腔的愤恨。这样疯疯癫癫地过了几个月，他的悲哀和愤怒有增无减。他知道这样下去无济于事，只有报了仇才能洗掉这奇耻（chǐ）大辱。于是他绞尽脑汁想出一个复仇的办法。

他乔装打扮一番，扮作一个商人，进了城里的一家旅店。他想：阿里巴巴杀死这么多人，一定会弄得满城风雨，法官一定会把他抓起来，他的家产和财物一定会被没收。于是他向旅店的门房打听："最近城里有什么新闻？"

门房把他认为新奇的事都告诉了强盗头领，头领非常失望，因为没有一件是他所关心的。失望之余他又有些奇怪，死这么多人，怎么没有人知道呢？只有一个理由可以解释，那就是阿里巴巴太聪明太机警了。看来，他要复仇不能操之过急，得想一个稳妥的办法。

现在，卡希穆的商店由他儿子小卡希穆管理。这个年轻人，活泼热情，交际广泛，强盗头领很快就和他混熟了。他在卡希穆商店的附近租了一家店铺，做起买卖来。他慷慨（kāng kǎi）大方，热情好客，博得了顾客们的尊敬。他对小卡希穆尤其热情，经常送给他贵重礼物。一天，小卡希穆邀他到家里做客，阿里巴巴热情地接待了他。他丝毫没有认出这个强盗头子，还以为他真是侄子的朋友。

阿里巴巴吩咐麦尔佳娜备饭，麦尔佳娜端来了上等肴馔（yáo zhuàn），可是这时客人却托词要走。

"为什么？"阿里巴巴不解地问。

"近来我身体不好，大夫嘱咐我不能吃放盐的菜。"①

---

① 阿拉伯的风俗，和主人在一起吃了盐，客人便不能做对不起主人的事。

“这人是谁？为什么不吃盐？”机灵的麦尔佳娜警觉起来。

阿里巴巴吩咐上无盐的菜。借上菜的机会，麦尔佳娜瞥了客人一眼，看见了他长袍下的匕首。麦尔佳娜不禁心中起疑。斟（zhēn）酒时，她又仔细地打量了一下客人，终于认出了他的真面目。“啊，他不吃盐，原来如此！看来，不把这个恶棍除掉，我们的日子就永远不得安宁。我要沉着应付，先发制人，处死他！”

聪明的麦尔佳娜回到自己房里，换上一套鲜艳的舞服，头上缠（chán）一块漂亮纱巾，脸上罩一方面纱，腰上系一条彩色腰带，上插一把镶着宝石的匕首。客人酒足饭饱以后，她走进客厅，深深鞠了一躬，请求准许她跳一个舞。

“好吧，”阿里巴巴说，“让我们的客人欣赏一下你的舞姿。”

麦尔佳娜步态轻盈地舞起来。强盗头子对这舞蹈并不感兴趣，但还是装出很愉快的样子。

麦尔佳娜随便舞了一会儿，突然从腰间拔出匕首，快速地旋转起来，她从这一边旋转到那一边，又从那一边旋转到这一边，做出各种优美的姿势。一会儿，她骤然停下，右手拿着一只小鼓，按喜庆场合的惯例，走到在座的每人面前讨赏钱。

她首先走到主人面前，阿里巴巴把一枚金币扔在小鼓上。接着她又走到小卡希穆面前，他也扔给她一枚金币。最后她走到强盗头领跟前。正当强盗头领从他长袍里掏取钱袋的时候，麦尔佳娜迅速地将匕首插入了他的心脏。强盗头领登时咽了气。

阿里巴巴大惊 ：“你干的什么事？这下我可让你毁了！”

小卡希穆也很生气。

“主人，是我救了你的命！”麦尔佳娜说。她把客人的长袍掀开，露出了暗藏的匕首。“仔细看看他是谁吧！”

阿里巴巴认出了强盗头领。

他非常感谢麦尔佳娜的忠诚和勇敢。

“你曾两次从强盗手中救了我的性命，我一定要报答你。现在我宣布，解放你，恢复你的自由。从现在起，你就是自由人了。”

接着阿里巴巴又说：“你是一个聪明、勇敢、机智、能干的姑娘，我要侄子娶你做妻子，永远分享我家的幸福。”

小卡希穆欣然接受了叔父的建议。接着，大家齐心协力，动手掩埋了强盗头领的尸体。此事没有一个外人知道。

故事的结束

阿里巴巴选了一个吉日，为侄子和麦尔佳娜举行了隆重的婚礼。他大摆筵席，盛宴宾客。席间，歌声、乐声和笑声连在一起，一片欢腾。

自从卡希穆出事那天起，阿里巴巴再也没去过那个装满财宝的山洞。现在，强盗们都死了，在一天早晨，他又去了那里。他下了马，走到巨石前，说了暗语：

“芝麻开门！”

跟过去一样，洞门应声而开，阿里巴巴走了进去。金银财宝原封不动地摆在那里，他装满一袋金币运往家中。

后来，阿里巴巴把所有的宝物都搬回家里，但是他并不据为己有，而是分给了穷苦的乡亲们。

以上两篇为王瑞琴译